「上流」儿童

吴晓乐 著

沈阳出版发行集团

沈阳出版社

假如一个人只是希望幸福，这很容易达到，
然而我们总是希望比别人幸福，这就是困难所在，
因为我们总是把别人想得过于幸福。

——孟德斯鸠

《"上流"儿童》简体中文版作者序

/ 吴晓乐

　　借由这次简体中文版出版，请容我叙述一下镜文学与我是如何合作完成《"上流"儿童》的过程。一切始于介绍，在一些采访报道中，镜文学注意到一现象，许多父母费尽心思，将孩子送到要价不赀的私立小学就读（在此给个方便各位理解的量尺：这些父母一年为孩子支付的学费，足够我完成大学四年学业）。其中，有些父母坦承，他们在这些学校的人际网络中，经验了所谓的"文化冲击"。镜文学认为个中有值得考掘、延伸之处，于是找一作者，以他们搜集到的素材为圆心，层层扩散，最好是能把社会与学校、母亲与孩子、母亲之间、孩子之间，层层叠叠的人际倾轧、纠缠给梳理出来，熔制为故事。

　　我跟镜文学方接洽时，他们只是从数份题材中截取一段展示给我看，我旋即被漩了进去。主角容我代名为媛媛。为了完善孩子的交际，媛媛与其他同学的母亲维持密切的联系。只见这厢有人贴文写安排了"一家四口的周末露营"，那厢也不乏有人招募"寒假一同携带儿女前往美国游学的伙伴"。有人放上与儿女第十次同游东京迪士尼的纪念，也有人在底下回应加州迪士尼才是经典。我仿佛初进大观园的生人，见识到另一种江湖，人与人之间的试探与较量，投契或貌合神离，都藏于暧昧与迂回。作为一个俗人，我最神往的莫过于，在她们的语境里，我丝毫感受不到物质上的踌躇与彷徨。我走出会议室，告知镜文学，我是愿意的。因为我彻底迷失了，迷失在这些人语气里的从容、优雅跟漫不经心。我的心底涌现了久违的好奇，而我简直不能更渴望"好奇"这个情绪了。《你的孩子不是你的孩子》出版后，太多声音争先恐后地穿入我的耳朵，我仿佛是一棵被用力摇晃的果树，一下子枯萎了，枝丫停止抽长，不再结出新果。我把这案子的邀请视为命运的暗示：这回你得先借出耳朵，才能找回声音。

田野调查初期，镜文学的穿针引线，以及媛媛的安排，我前往约定的场所，按照着我事先拟好的提纲，与一些把孩子送去贵族小学的父母交谈。仿佛某种不成文的默契，对话得从这个家庭"发迹"起始，有人追溯到祖先的基业，让后人得以单凭租金度日；也不乏白手起家的例子。有些人则形同《"上流"儿童》的主角，物质基础并不特别雄厚，她们咬紧牙根，一心一意想为孩子擘画一张跻身"上流"的蓝图。不意外地，我会晤的多半是母亲，自孩子呱呱坠地，她们就得费心思量如何让孩子成为"人中龙凤"。家族对于这些孩童，同时抱持着"富不过三代"的忧愁与"青出于蓝"的渴盼，需要有个谁来抚平这些情绪，而这个谁，毋庸置疑就是孩子的母亲。

随着话题越来越深入核心，我的受访者们会莫名地展露出疲态，我原先认定是受访所致，一次两次下来，才渐渐体会到是育儿本身就让人疲倦。"孩子的童年只有一次""不要让孩子输在起跑点上"，这些话的初衷或为珍视孩童，但在教育此事逐日机构化、商业化的现世，何尝不是细火慢熬着父母的焦虑。父母们疲于让孩子活得丰盛，自己的内心则偶有被掏空的揪扯，尤其是那些同我交谈的母亲们，偶尔会静止手上一切动作，反过来访谈我，问我："这样子听下来怎么想？是不是觉得烦？是不是觉得好荒谬？"不过，她们会很快回到受访者的"原位"，提醒我，"游戏规矩"就是这样的。大家都是这样的。有时候，我会在她们的眼中读到犹疑与不确定。"游戏规矩"到底是什么？谁说了算？

有数度，我在返家后，根本无法把我信手誊写在笔记本上的素材整理成观点。我感到吃力。她们看似拥有全部，但实际上，不止一位受访者跟我描述了自己"快要窒息"的时分。她们屡屡被提醒一件她们心知肚明的事实：你坐拥这么多资源，怎能不让你的孩子成为"人上人"？物质的沃土得兑现成更耀眼的成就。另一个疑难是，她们也恐惧着平庸。当你如此精雕细琢着一个孩子，如何不盼望最终他拥有耀眼的成就呢？孩子往往身上承载着父母的梦境，而这些受访者交给我的是什么？她们得 dream big，却不能 dare to fail。理由不难想象：她们能够策动挪运的资本如此充沛，如何奢谈教育"失手"的余裕？

我见到辉煌声名底下的斑驳，吊诡的是，这无损于我对这份辉煌的憧憬，在我意识到了这一层面以后，书中每一人物的面貌倏地变得很清晰，我想，我能够动笔了。

在我的笔下，成年男性看似游刃有余，行为得体，反观女性则常有计算的举止，我希望读者能够明白，这并非我特别在意女性的阴暗面，对男性则宽宥、纵容，实情是，我意在还原"亲子教养"这个主要参与者为母亲的场域里，女性动辄得咎，男性单凭低度的关怀就能得到很高的评价，循此为前提，女子之间必然有权力的竞逐甚至弱弱相残而来的分化等等现象。我更希望读者看见她们内在的韧性，我笔下的人物既有个人信仰的价值，也有内心幽微的自省，无论最终她们的行动为何，多少有各司其职的成分，感性一点而言，很多时刻，角色心底思思念念的不过是不想活得太狼狈。我能够，也满心愿意为她们的每一决策背书、辩护。在我描绘她们时，我们之间的界线消融了，我的声音与她们的不再有隔阂，里面每一个角色不只有我所访谈的每一人物，也有我的声音。我由衷喜爱艺术家朱疋为繁中版《"上流"儿童》绘制的其中一款封面，看似在操纵孩童的女子，身上也牵缠着许多条细线，我感谢朱疋看见角色并未如她们所表现的那般自由且随心所欲。在简体中文版即将上市的此时，我诚挚地邀请读者感受这些角色心中的两难与矛盾，处处都有我脑中未竟的疑想。

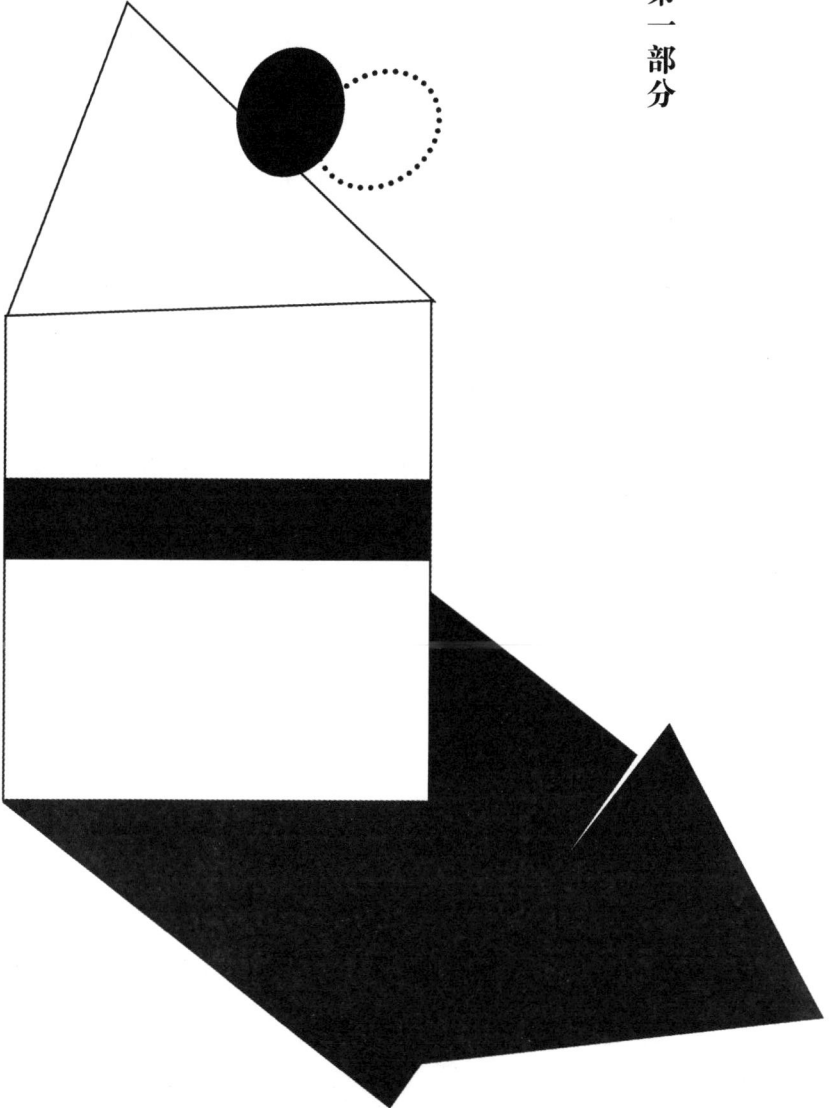

第一部分

事情发生之前，陈匀娴对于那些被欺骗的人，并没有太多同情。

当然，她也不会说，"啊，那是他们活该。"可是，看看新闻或者报纸上，那一张张平凡无奇的面孔。他们就那样信了。一场惊天动地的投资案，一批奇货可居的灵骨塔，一个秘密开发中的观光度假中心。一个月拉五个亲友来参与，从此躺着赚，以被动收入逍遥余生。她看着那一张张涕泪横下、因控诉而涨红的脸，总忍不住带点讶异地想：你们就这么相信自己的好运？

相较于那些只要拿出纸笔做些简单计算就能看出的端倪，陈匀娴更想了解的是他们的心态：世界上真的有那么多人相信，自己比别人更值得致富？她想问那些人，如何拥有这样的信心？觉得自己命中注定要拥有一笔难以胜数的财富？一种教别人妒忌得要死的命运？

直到她遇到了那件事，她才深刻明白到，原来事情就是会发生，一再地，反复地。

可怜的人们，他们就这样付出了惨痛的代价。

不过，他们也不是没有快乐过，在泡沫迸裂的前一刻，他们伸出手掌，触摸那层膜，脸上微微一笑，相信这就是幸福。

◆

那日场景，陈匀娴在心内反复复习多次。

充满柔软香气的客厅，柔和的灯光，平滑得像是刚整过的滑雪场（日籍师傅亲手制作，却取了一个法文店名）的草莓鲜奶油蛋糕，看起来不能再更快乐的孩子们，以及，最重要的元素——那名看起来无懈可击的女人。派对的细节虽然随着时间而逐渐剥落，但，只要闭上眼睛，陈匀娴又仿佛置身现场。她牵着儿子，双手冰凉。

清晨，派对倒数前五个小时，她才跟丈夫杨定国起了争执。

六点五十分，夫妻俩几乎在同一时间点，被蔡万德的电话惊醒。陈匀娴半眯着眼，听着丈夫捧着手机，小心谨慎地答复着"好，那我马上赶过去""不、不会，我早就醒了"。挂上电话后，杨定国立即从床上跳起，往浴室冲去。陈匀娴被丈夫的动作搞得无法再睡，她双手环胸，走到浴室前，门是半合的，陈匀娴可以看到镜子，以及在镜前疯狂打转的丈夫。

"你今天不跟我们一起去了吗？"

"对不起，吴副总腰痛发作，打到一半不打了，我得赶快过去，不要让老板扫兴。我待会儿把老板家的地址传给你，你搭出租车吧，算我的！"

从陈匀娴的角度看过去，杨定国兴致高昂，蓄势待发，像一支箭。显然地，他想把握住某种机会。陈匀娴自知该退让，但焦虑感如蚁群啃咬着她的全身，迟疑几秒，她还是开口。

"可是，明明说好要一起去的，没有你在，我突然跑去别人家里，很奇怪吧？"

3

"你放心，很多人的老婆都在，不只你一个人。再说，我老板的老婆很厉害的。她不会让你有落单的感觉。"杨定国直视镜面，做最后的确认，先露出微笑，又伸出手，抚了抚下巴的边缘，"好了，不要再跟我说话。我快点结束，就可以快点过去，你也不会只有一个人了。"

见陈匀娴仍愁容满面，杨定国叹了一口气，"饶过我吧，你以为我喜欢现在这样？"

"我只是很怕我没有办法处理那个场面。"

"不要给自己这么大的压力。"杨定国走出浴室，"你能处理得很好的。"

时钟滴答滴答，陈匀娴有自知之明，她真的得闭嘴。

她端出一个虚弱的微笑，点点头，转身往床的方向移动。不好意思的人成了杨定国，他揉揉脸，换了一个轻柔的语调，道歉，安抚满脸窘迫的妻子，"让我没有后顾之忧地去讨好 Ted 吧，你也知道，下一次升迁有没有我的名字，都靠平常这些互动了。"

陈匀娴停下脚步，某种带着破坏性的欲望如海浪袭来，将她包裹其中，她实在有点想说："你已经抱着 Ted 的大腿很长一段时间了，可是亲爱的，这有用吗？"

她忍住了，紧咬牙关，把这些言语封在嘴巴内。她走出房外，杨定国换好球衣，坐在玄关的椅子上，套上袜子，他的心情很好，不仅哼歌，还喷了点香水。

"待会儿见，记住，只是一个小孩的生日派对，不要太紧张。"杨定国笑开一嘴白牙。

陈匀娴目送着丈夫离开家门，喃喃低语，"如果真的只是一个小孩的生日派对，何必强调这么多次？"她坐在沙发上，睁开眼睛时，才发现自己又睡着了，她紧张地看了看墙上的钟，九点二十五分。陈匀娴揉着眼，走进儿子的房间，杨培宸卧在床上，小手握成拳，见状，陈匀娴的心脏微微地紧缩。天使，儿子睡得好像天使。她在床缘坐下，摇晃着杨培宸的肩膀。

"起床了，心肝宝贝。我们要去爸爸老板的家了。"

杨定国说过，受邀的人，主要是梁家绮跟蔡昊谦的亲友，只有他们母子是例外。出于某种理由，蔡万德似乎想保持一种公私的界线。可是这并不是很严格的坚持，偶尔，蔡万德也会亲自邀请一些他青睐的属下，参与他的家庭活动。对此，公司内流传着一个说法：能够被蔡万德邀请参与家庭活动的属下，人事的变动指日可待。

对于这一天的到来，虽然夫妻俩未曾明讲，陈匀娴仍可以从日常的蛛丝马迹，判断出丈夫对于这一天的重视。不知不觉，她也跟着在意起来。她在百货公司买了一双新鞋，也拿出了婚后杨定国母亲送的珍珠耳环。唤醒杨培宸以后，她站在衣柜门后的镜子前，一一比试，明明早已决定好要穿哪一件，时间一近，竟又没有把握了。到底那些养尊处优的太太们，在这种场合，都穿些什么呢？改穿这件翻领鱼尾短袖洋装好了？穿这件总被赞美看起来很年轻。可是"年轻"在这场派对上，仍然是一项可取的特质吗？会不会弄巧成拙，显得轻浮？犹豫半晌，陈匀娴又换回一开始的选择，领格纹长洋装。为了避免自己又反悔，她当机立断地走出房间，着手打点儿子的衣着。

十一点五十分，陈匀娴牵着杨培宸，站在那栋大楼一楼的中庭。

看到那些牵着小孩的女人，懊恼立即攻上陈匀娴的心头——她的穿着太小家子气了。

这些女人以及她们的小孩均有备而来，斜纹毛呢外套，白色素面上衣，卡其短裤，印花洋装，蕾丝绑带，有一种慵懒的基调，夹脚拖上大朵的山茶花也十分醒目。一种故作漫不经心的精心演练，像是从前班上的第一名，睁圆眼睛，一脸无可厚非地说，"噢！自己其实不怎么爱读书。"

透过巨大的落地窗，陈匀娴看见自己和其他组合的倒影，差别一目了然，那些女人们仿佛即将要前往一座南洋上的小岛，手上拿着插有小雨伞的果汁；出现在异国的美术馆也很合宜，看起来清爽，又独具个人风格，在镜头下很醒目，又不让人觉得大费周章。

陈匀娴难过起来，她不敢离那些人太近，绷着肩膀，打了声招呼，隔着一点距离望着那些状态完美的人儿。她不安地垂首看了儿子一眼，想知道儿子此时心情如何，杨培宸目光灼灼，四处张望，好像尚未看穿自己的格格不入。

他只记得父亲的保证，寿星的房间里，有一个玻璃柜，里面摆满了超级英雄的公仔。

陈匀娴松了口气，庆幸孩子的心眼还不细腻，否则她恐怕无法同时应付两个人的低潮。她不禁开始怨怼，这都是杨定国的错，杨定国可以建议她如何打扮。她其实可以表现得更好的。

有人迟到了，而女主人打算等人数到齐了再一起上去。

远远看，这些女人们的结构似乎很松散，除了陈匀娴以外，她们堪称自在，随心地移动，想坐下时便坐下。然而，若仔细观察，会注意到所有人都提了一些心思在梁家绮身上。像池中的锦鲤，乍看心不在焉地游走，但若池畔上有任何动静，它们移动的速度也快。

梁家绮是池畔上那抹身影，一个无心的举手，都能让"鱼群"介意得匆忙赶赴。

梁家绮显然明白这一切，她一下跟这个妈妈说话，一下赞美那位妈妈的气色很好。像是切蛋糕一样，尽可能平等地分配自己和与会者的对话时间。陈匀娴才想着，梁家绮没见过我，她不会来找我说话的。梁家绮就以行动证实了她想错了，两人的视线凌空相逢，梁家绮点头一笑，目光热切专注。陈匀娴默默地同意了丈夫的话，梁家绮是训练有素的厉害角色，她的笑容，合宜得可以放在教科书上，解释为：当你举办了一个生日派对，冷不防出现你不认识的陌生人，身为女主人，你仍应该端出的微笑。陈匀娴犹在感受与品味，梁家绮已有了大动作，她利落地往陈匀娴母子的方向移动。鱼群们受到感应，一一昂首，注意力落在陈匀娴母子身上。有人交头接耳，窸窸窣窣。陈匀娴心头一紧，隐约明白有什么事情即将发生，而自己并无把握。

"你是匀娴吧？你好。我是家绮，Ted 的老婆，叫我 Katherine，或者 Kat 就好。"

陈匀娴没意识到，自己露出了一个好别扭的微笑。

"糟糕，该不会，杨副理没有跟你讲过我吧？"

梁家绮眨眨眼，仿佛一个无辜的年轻女孩。

陈匀娴有了怯意，她理应力求表现，又不知从何开始，整个腹部揪成一团，肠胃不在它们应在的位置上。她始终不擅长人际，哪怕是认识多年的朋友，突然碰面，她也得花上数分钟让自己适应。眼前的互动发生得太快，她心思紊乱，决定先从模仿做起。

"你好，我是匀娴，嗯……我的英文名字是 Evelyn，但大家习惯叫我匀娴。"

梁家绮盯着陈匀娴的脸，好像在计算些什么，又好像心中一片坦荡。陈匀娴握着儿子的力道隐隐加强，杨定国不在场，她得独自应付这场面。她感到不公平，且浑身无力。就在陈匀娴内心的弦隐隐要绷断之际，梁家绮笑了，轻轻地凑近身子，一种糅合了玫瑰与白茶的味道袭来，陈匀娴感觉到自己的手臂被一种恰到好处的力道给握住，梁家绮的声音钻进她的耳朵。

"匀娴，放轻松一些。你看起来好像有些紧张。"

陈匀娴终于可以更近地看那张脸。

梁家绮的五官非常云柔，皮肤细致得即使近看也没有毛孔，不知该归功于昂贵的保养品还是发达的医美手术。不是那种第一眼就能吸引别人注意的长相，但看久了又觉得深具说服力。陈匀娴不记得自己又说了什么，可能是努力挤出一些话语，想要让梁家绮喜欢自己。梁家绮有几次掩着嘴笑了起来。不管那笑意是否带着真诚，陈匀娴觉得已经可以跟杨定国交代，够了，她在心里轻哼，以杨定国突然缺席的状况来说，我做得够好了。

等待的人终于到了。像是池畔走来第二个人，打破了和谐，引来全新的竞争关系。

陈匀娴捕捉到，几乎是这女子一出现，梁家绮的眼中闪过一丝犹豫，但那丝犹豫只登场了一秒钟，陈匀娴再眨眼时，梁家绮已带着那股好闻的香气，离开她的身侧。

那名迟到近二十分钟的女子，正往大厅走来，想起什么似的，又回头去，半个身子探进车窗内，比手画脚，不知跟司机交代些什么。女子打扮入时，裸了肩又露了腿，体态婀娜，大腿紧绷且没有橘皮组织。她身边跟着一名女孩，跟母亲比起来，女孩的五官很清淡，淡得让人实在提不起精神去细看。陈匀娴反而对这名女孩充满好感，原因无他，女孩脸上的表情很诚实：她一点也不想来这场聚会。至于理由，不重要，六岁的小孩有太多值得不高兴的事情。

"这么多人，就只有你敢迟到。"梁家绮娇嗔。

"不是我要迟到，是馨语的问题，她午觉完给我发起床气咧，说不想来了。"

女子眨眨眼，无可奈何地指着女儿。

"没关系，小孩子偶尔闹闹脾气难免的。好了，我们上楼吧。"

梁家绮抬高手，漂亮的指尖在凌空中扬起，鱼群就这么给钩住，鱼贯地进了电梯。

◆

二十三岁那年，陈匀娴结了婚，对象是室友的哥哥。

她邀请的人不多，出席的人因此很少，她自己也六神无主，所以来不及细看宾客脸上的反应。她曾回头去翻找当日的照片，母亲简惠美的脸上，挂着一副心事重重的笑容。而好友张郁柔，可能是陈匀娴心中有了成见，她也觉得张郁柔在与她合照时，眼中凝聚着愁思。

二十三岁，实在太早了。

人生是这样的，有些人漫不经心，却总是一再地坐享其成。有些人步步为营，每一次的十字路口，他们稳稳沉着，缓缓吐息，经过缜密的推敲与判断才往前迈进，却摔得比谁都惨。

会有这种感悟，其实也暗示了陈匀娴自己更偏向是后者。

如果有个陌生人问她，当初会选择跟杨定国结婚的原因是什么？陈匀娴很可能会沉默许久，发现自己无言以对。幻觉吧，最接近的答案应是如此。感情往往是在绝望的处境中，获得最丰沛的能量。越是无处可去的人，越渴望躲进一段感情之中栖息。

杨定国初次认识她时，曾说过"你真是一个多愁善感的小女孩"。陈匀娴本想反驳，偏偏内心明白杨定国的这番评价无失偏颇。来台北之前，她不是没有给自己打气过。陈匀娴，你那么拼命地读书，不就是为了把自己从一个荒芜的小镇带来这里吗？

即使如此，这座城市仍在许多层面上，吓坏了她。

不单是这座城市，更精确地说，包括在这城市生活的人。她花了一些时间才搞懂，一个城市的精华，往往是来自于在城市间俯仰之人，他们所流露出的精神与态度，若丧失了这些，这座城市也不过是成堆的钢筋混凝土。完成注册手续，搬进宿舍，每一天，从睁开眼睛，到终于能倒在从福利社用几百元买来的单人床垫上，陈匀娴一再地发现到自己与同学们的不同。事实上，这甚至称不上"发现"，发现这个词，感觉当事人至少得匀点心思，看个仔细。陈匀娴的处境倒不是这样，她的处境更惨，她觉得自己被暴露在过量的信息流之中，很快地绝望起来。

她的室友们，住隔壁的一位学姐，在宿舍放了一个二十四英寸的行李箱，因为她刚从加州的亲戚家回来。住在后面的同届，历史系的杨宜家，则以东京带回的果汁糖作为初次见面的礼物。杨宜家一边劝陈匀娴"多拿一点，反正我买了好多"，一边咕哝"我本来想要玩到开学前一天再回台湾，可是我妈妈不允许，她说，开学比较重要，富士山可以等到寒假再去，到时候还可以顺便去滑雪"，陈匀娴点头，把软糖塞进嘴巴里，迸裂出的糖液立刻充满她的嘴巴，她吓了一跳，满嘴的甜，苦涩的心。陈匀娴甚至还没办过护照，她没有出过国，她的父亲、她的母亲也没有，就连她的姐姐陈亮颖，也是在结婚时，才为了蜜月旅行办了护照。

　　他们一家人最远的一次旅行，是在她小学时，搭船到澎湖，姐姐在船上吐了好多次，他们一直在索取塑料袋，以及更多的塑料袋。酸腐的味道进入他们的鼻腔，最后陈匀娴也吐了。他们好不容易抵达了澎湖，重新踏上陆地，终于可以睁开明亮的眼睛，体验这座岛屿上的干热与细沙。当他们总算适应了环境，也进入了旅游的心情，母亲宣布，三天两夜的旅程要结束了，姐姐一听到又得搭船，还没走向码头，便忍不住哭了起来。她感染到这股哀愁，也跟着哭了。经过一番折腾，晕船药，少许塑料袋，以及大量的旁人的忍耐，他们摇摇晃晃地回到了家中。一踏进家门，父亲宣布，他再也不想要出门旅行，他觉得待在家中比去世界上任何地方都还要舒适。从此，只要两个小孩提议，她们想要出去玩，像其他同学那样，父亲会抿紧嘴角，以带点痰的声音说道："你们忘记了，我们之前说好，再也不要出门了吗？"两姐妹面面相觑，脸上闪过一丝困惑，她们没有相关的记忆，我们真的跟父亲说好了吗？她们不是很肯定，可是，至少有一件事她们不会搞错：父亲没有带她们出门的意愿。

再说了，父亲爱极了小吃店营业的每一天。他常说："做一天是一天，你多做一天，这个月的水费就有着落，再做一天，连电费也有了。之后多做一天，都进到你的荷包。"陈匀娴对于父亲的小吃店，时常有一种复杂的情结。她知道这间店养活了她们姐妹俩，可是，除了这个之外，她没有办法再多想一个优点，说服自己喜欢这一切。

第一个学期结束的寒假，杨宜家可能会去东京，也可能不会，她说不定会被旁人说服，改而前往一个温暖的热带岛屿，穿上亮艳又大胆的比基尼，握着一杯两百元的鸡尾酒，双手撑着泳池池畔，对着镜头留下甜蜜的微笑。至于她，只能是握着台铁车票，大包小包，准备返乡，给父母的小吃店帮忙。

她并没有很能干，至少，她没有姐姐那样八面玲珑，陈亮颖从中学就能一边数着面条下水的时间，一边干脆地切完小菜，同时算好价钱。很小的时候，陈匀娴可以从父母看着姐姐的眼神，感受到父母的期望：迟早有一天，姐姐会接下这间店。这个念头，在姐姐表明自己不打算念大学的时候，变得更加牢固切实。只是，他们都没有想到，陈匀娴升上高二的那一年，陈亮颖爱上了一个大她十三岁的网友。

为了爱情，陈亮颖搬去宜兰与对方同居。陈匀娴的父母气急败坏地发出警告：有他就没有我们，你若是要去宜兰，别想回云林了。

　　陈亮颖在一个夏日清晨跳上了火车，往宜兰去。

　　陈匀娴被这件事弄得不能专心读书，她很为难，她可以体谅姐姐，有谁的二十岁，会甘愿在一个人口不断外流的小镇里，日复一日地下面切豆干海带？可是她也没有那么体谅姐姐，她想，姐姐这一走，父母也许会把克绍箕裘的心愿转嫁到她身上。她一边捧读着中国文化基本教材，一边暗暗祈祷对方是个渣男，姐姐不得不痛彻心扉地回到家乡，全心全意投入小吃店。

　　事与愿违，那个男人的家族在宜兰经营民宿，姐姐成了男人的得力帮手，张罗十几个人的早餐，对她来说不是难事，她做得驾轻就熟。陈匀娴曾偷偷搜寻男人的民宿评价，没想到在游客心得里发现了姐姐的存在：早餐是民宿老板的女友亲手做的手工蛋饼，用面糊煎的，口感软嫩，一个不够可以再续，爱吃葱的人会很爱。

　　陈匀娴把这段话念给父母听，姐妹俩的父母终于面对现实，请了一位员工。

　　半年后，姐姐的婚礼上，所有的宾客都笑得很尽兴，唯独陈匀娴的父母，他们笑出眼泪来。除了对于姐姐的不舍，还有一种情绪，可能只有陈匀娴才看得出来，她的父母们是多么惋惜，姐姐就这样丢下了小吃店，在他们心目中，这跟丢下了这个家庭没有两样。思及此，她也高兴不起来，婚礼尾声的大合照，陈匀娴看起来深思熟虑，一副小大人的模样。对于此，她有一套说法：我要准备考大学了，我是考生，我压力很大。

◆

搬进宿舍两个月后，陈匀娴承认，三个室友中，她最喜欢杨宜家。

杨宜家是台北人，家里甚至住在离学校不远的大安捷运站附近，杨宜家理应不能住校，但她为了享受完整的大学生活，央着父母亲做了一些"技术上的调整"。

两人一聊，陈匀娴才得知，杨宜家的大考成绩很理想，她甚至可以填财金系，但杨宜家确实对历史有兴趣。这一点让陈匀娴很是敬佩，她其实把目标放在财金跟国贸系上，偏偏数学考得比模拟考时的水平还少了二十几分，她只能退而求其次，选择经济系。

陈匀娴不喜欢待在宿舍，同寝的学姐总把刚洗过的衣物晾在宿舍内，房间终日飘散着一股人工香气混杂着湿气的霉闷味。她之所以待在宿舍，主要是不想花钱。来到台北后，陈匀娴不太理解一件事：同学们都好重吃。时常逃课的同学，倒是很爱组团尝试东区的新餐厅，尤其是下午茶，一盘松饼一壶茶，加上服务费很难不超过三百元。家中给陈匀娴的生活费是一个月八千，包括教科书的费用。她的早餐很固定，馒头夹蛋，二十二元，一包冲泡麦片，八元。换句话说，吃一次下午茶，可以抵上她十日早餐。她跟过几次，觉得负担太大，之后都推拒了。

杨宜家喜欢待在宿舍，因为她不喜欢走路，她觉得待在宿舍很舒适。她很依赖网络购物，上大学后，杨宜家的母亲给了她一张附卡。

"一个月多少额度啊？"陈匀娴小心地问。

"不知道耶。不过有一次，我在百货公司周年庆买了AVEDA 的洗发精跟护发精华，上网看到网友分享兰蔻的满额赠，又很想要，就手滑买了他们家全套的保养品，结果那个月账单破两万，我妈稍微念了我一下啦。"

杨宜家耸耸肩，毫不在意。

就算这样，陈匀娴还是蛮喜欢杨宜家。至少杨宜家很坦诚。

大二下学期，陈匀娴跟着杨宜家修了一门通识，没多久，杨宜家跟一位电机系的学长打得火热，她拜托陈匀娴帮忙抄笔记跟交作业，陈匀娴不想破坏交情，便帮了她。此举似乎让杨宜家认定了陈匀娴是个值得深交的人，她脑筋一转，起了一个念头。

"我的哥哥在金融业工作，大我们八岁，个性很好，只是工作很忙，没有办法认识女生。"

陈匀娴不太情愿，她还是想找年纪相仿的人。但她也不排斥跟杨定国见面。

她想得很单纯，见见世面也好。说自己不渴望谈恋爱，是骗人的。

初次见面，他们约在敦化南路，一间冰激凌为主的餐饮旗舰店。陈匀娴提早了二十分钟抵达，她穿着素色短袖，水蓝色的牛仔短裤，黑色丝袜，以及狠下心买的阿迪达斯球鞋。她胸有成竹，认为自己看起来状态良好，直至她到了现场，翻了翻门外那印制精美的菜单，看了看透明玻璃窗内用餐的人们，几分钟后，一股不知从何而起的焦虑攫住了她。她掏出钱包，数了数里头的钞票跟硬币，又回头去看那份菜单。这时，杨定国现身了，上气不接下气，笨拙地朝陈匀娴挥挥手，又指了指喉咙，说先让他喘一下气，他用跑的。说也奇怪，他的举止很快地安抚了陈匀娴的不安。陈匀娴笑着要杨定国慢慢来，她也方便细细打量这个男人。黑长裤，全扣式白衬衫，打了一条深蓝色领带。关于领带，陈匀娴倾向解释为，杨定国想让一切看起来更为正式。

她卸下了心头的烦恼，待会儿两人一起走进去，她看起来不会太格格不入。

杨定国调匀了呼吸，徐徐解释道，没掌握好停车的地点，停了一个太远的位置，他先是快步地走，随着时间渐渐逼近，只好跑了起来。说完之后，他顿了一下，从皮夹中摸出两张礼券。

"我朋友送我这家冰激凌的礼券，你会介意我用礼券结账吗？"

陈匀娴眨眨眼，露出微笑，"不，当然不会。"

事后，她回想这一刻，无数次地回想。每一次回想，她都会得到一些不同的感受与观点。可是，有一点不会改变：极可能在这一刻，她喜欢上了杨定国。

◆

杨定国的存在令陈匀娴再一次地体谅了姐姐。

这种感觉真是好，什么感觉呢，像是从天而降一台南瓜马车，你踩着一双千载难逢的漂亮鞋子行了上去，从此再也没有忧虑。体谅杨定国从事着劳心的工作，他们的约会行程很固定：体面的晚餐，看电影，若时间还足够，就上阳明山或猫空看夜景。有时高处的空气湿凉，杨定国会把自己的西装外套褪下，陈匀娴娇小的身子笼罩在他的味道之中。皂香混合着烟味，属于成人的味道，陈匀娴不由得微微晕眩，且眼前的灯火与车流令人恍惚。跟杨定国在一起的日子，总是很愉快，两人年纪上的差距，收入上的悬殊，更让杨定国坚持，没有给陈匀娴分担的道理。

一次，在淡水巷弄的一间礼品店，一只高高挂起的砖红色后背包吸引了陈匀娴的目光，她伸手轻抚，感受其质地，同时评估着，这个大小拿来装教科书跟笔记本正好。她请店员为她取下，店员调整好肩带的长度，才交给了她。站到镜子前面，陈匀娴简直不能更喜欢自己所看到的画面。她屡屡变换角度，越这么做，越发现这只后背包根本是为她所设计。趁着店员忙着招呼新来的客人，她翻出了标签，上头的四位数字令她黯然神伤，她急急卸下了背包，催促着杨定国离开。

两人一踏出礼品店，杨定国不解地问："为什么不买？我看你很喜欢。"

"对，那款很有设计感，也不容易撞包，可是，三千多……超过我的预算。"

"原来是价钱的问题，"杨定国恍然大悟，"这很好处理，我买给你吧。"

"不，不要，"陈匀娴抓住杨定国的手，阻止了杨定国要回头的举动，"不要这样，你已经出了我们每一次出门的吃饭跟电影票钱了。我不想再增加你的负担。"

"你怎么会这样想？我不觉得有什么负担。"杨定国停下脚步，好整以暇地注视着陈匀娴，"对我来说，三千元买一个包包，很合理。你知道宜家最近背去上课的包包多少吗？那个深蓝色、磁吸扣的斜背包，一万多，我妈争不过她，就用生日礼物的名义买给她了。"

闻言，陈匀娴改变了心意，她没再多说一句。杨定国似乎很满意陈匀娴的反应，他搭着陈匀娴的肩膀，语重心长地说："匀娴，宜家跟我说过了，你一个月的生活费就那样。你跟我出门，就不要再管钱的事，让我处理就好了。我希望你跟我在一起的时候，

19

就像宜家那样，不需要管钱怎么花，够不够花，专注享受当下的人生，这样是最好的。"

陈匀娴注视着杨定国进入店内的背影，思绪纷杂不堪。她自问，杨宜家的人生，岂非我所深深羡慕？如今我这般靠近，为什么还要装模作样，显得我并不是那么渴盼这一切？

陈匀娴决定变更自己的观念，从今而后，她不仅要，还得要得更多。

她不要成为因这城市而感到顿挫的人，相反，她要成为提供这城市养分的对象。她要像杨宜家，幸福得一无所知。她无从确定，自己对于杨定国是否称得上爱。她偶尔会挑剔，这段感情少了些激昂和躁动，转念一想，这份细水长流的棉劲，不也很好吗？

大三那年，陈匀娴瞒着双亲，跟陈亮颖见了面。事实上，陈亮颖约了好多次，陈匀娴不肯，她心底还有一条深水，是越不过去的。当她抵达罗东火车站，在约定的饮料店等候，看到陈亮颖摇下车窗，朝自己奋力挥手时，双脚仿佛生了根，分秒之间，她有了抗拒。

直到身后的路人狠狠地撞到了她的肩膀，还埋怨地吐了一句"小姐你也站旁边一点"，她才大梦初醒似的，弯腰提起行李，走向那台在阳光下闪闪发亮的宝蓝色奔驰。

陈亮颖给陈匀娴准备了一个很好的房间，一扔下行李，倒在床上，陈匀娴可以感觉到自己的骨架得到了完整的支撑，床垫想必所费不赀。陈亮颖坐在床边，看着自己的妹妹，若有感悟地说：

"你看，我现在很不错吧？我知道，爸妈还在生我的气……可是，你看看这里，老实回答我，如果你是我，你甘愿吗？结婚后，我才知道，过去自己什么都没有……"

陈匀娴闭上双眼，好避掉跟姐姐四目相接的痛苦："你怎么可以这样说，爸妈听了会很伤心。"

"难道不是吗？"陈亮颖的语气倏地急促了起来，"你想想我们小时候，人家有的，我们都没有。只是讨一些小东西，就被骂不知赚钱辛苦。想出去玩，爸也要生气，说我们都跑出去，谁来顾店？难道钱会自己进来吗？"

陈匀娴没有说话，只是静静地搓着枕头套的边絮，消化着姐姐的情绪。

"我以前也觉得，爸说得很对。要不是遇到我老公，他一听到我长大的环境，说我真的很可怜。我问他，那你是怎么长大的，他说他在小学的时候，已经去过日本的迪士尼了。当然，他家也不是没有钱的问题，可是我公公婆婆说，可以苦父母，不能苦小孩。"

"爸妈也不是想要让我们苦，只是家里就是那样，他们就是没有姐夫家有钱。"

"所以，妹，"陈亮颖握住陈匀娴的手腕，强迫陈匀娴把注意力放到自己身上，"当你跟我说，你现在交往的对象家里很不错，我真的很替你开心。这样很好，希望你保持下去，听我说，好好把握这个机会。"

陈亮颖把陈匀娴的手拉过去，放在自己的肚腹上，"我怀孕快满两个月了，"陈匀娴还没有充分意会到这句话的意思，陈亮颖赶忙说了下去，"等到满三个月，我会自己跟爸妈说，你先帮我保密。妹，我先跟你说，是希望你也能为我感到开心。"

陈亮颖的眼中浮现一丝悲喜交加，"我知道爸妈还在怪我，但我只能说，我不后悔。尤其现在，我要有自己的小孩了。我真心觉得好险我没留在家里。如果我还在家里帮忙，可以像现在一样，什么都不做吗？妹，你可能也还在生我的气，那也没关系，我只希望，等到你比现在更大一点，你会懂我在说什么。"

陈匀娴把手放在额头上，用力地压了压，好止住上涌的泪液。姐姐的话让她有些难过，只是她不太清楚，是因为她觉得姐姐的话，并不公允；还是说，完全相反，她只是无法承受姐姐说的每一个部分，都相当正确。她需要一些时间，好厘清是哪个部分刺伤了她。

◆

再回头去讲那个生日派对吧。

说也奇怪，无论之后的人事如何演化到一个令人难以喘气的境地，陈匀娴还是深刻觉得，自己对于派对上的一切，仍保持着某程度上的喜爱。这真是难以解释的吊诡情结，斯德哥尔摩①吗？不，不那么像是受害者情结。也可能是吧？谁说了算呢？她吗？不管怎样，她还是想说，那个生日派对没有这么糟糕。至少，她情愿这样想：在那个时候，梁家绮是真心诚意想要跟她做朋友。

电梯门打开，一层二户，往左转是蔡府。门的旁边摆了一张樱桃木色的方形茶几，茶几上有一件瓷器，锦鲤在荷塘间逐戏，模样生动且富有灵韵。梁家绮推开雕饰浮夸的沉沉大门，走在前头的人发出齐声赞叹，陈匀娴甫踏进屋内，哇噢，一瞬间，她也懂了大伙的兴奋。她终于明白，为什么梁家绮宁愿让众人在大厅等待，也不要先放一小批人上来。换作是她，她也绝对舍不得错过此时此刻。

理所当然，你精雕细琢，千辛万苦，一定想亲耳听到众口一声，哇噢，那是一种群发性的反应，具有时效性，一旦错过，再也不可求，仿佛看电影，导演得在剧情推到最高点时，亲耳闻见那些屏息声或抽泣，这绝对好过电影落幕后，才听到观众慢条斯理地说，这部电影拍得很好。

充满空间感的客厅，沉甸甸的原木长桌，独树一格的视听柜。各式各样的气球，有些注入了氢气，直接飘升，抵着天花板，多数则以塑料杆撑着，在地上盛开。视听柜上有一行以金色气球拼

---

① 又称斯德哥尔摩症候群，是指被害者对于犯罪者产生情感，甚至反过来帮助犯罪者的一种情结。

成的 Happy Birthday，桌上的白色托盘，放着五颜六色的现榨果汁和小巧脆弱得让人舍不得吃掉的杯子蛋糕。进来之前，陈匀娴已经做好了万足的准备，但在她的脚底踏上地面时，那种一尘不染的洁净感受，令她的心湖起了涟漪，职业妇女永远不可能拥有这么完美的地板，她敢打赌，在场所有人的脚底都比这地板更脏。他们当然得穿上拖鞋，好避免他们那不知道踩过什么的脏袜子，污染这里的地板。

有人开了口："Kat，你不是说今年要走简单风吗？这样子叫简单？要我们怎么办啊。"

陈匀娴很好奇梁家绮的反应，她习惯了人们对她的赞美吗？

梁家绮客气地笑了笑，转头对一位身材略显矮小的女子训话。

"阿梅，小孩子的室内拖鞋少一双，我不是说了，要准备七双吗？"梁家绮说。

"可是太太，你一早不是说六双……"

"阿梅，你记错了，我说小孩子要七双，现在少一双了，快去准备！"

好像闯入一个未受邀请的空间，陈匀娴赶紧退出，寻找起儿子的身影。杨培宸痛恨穿拖鞋，他喜欢光着脚到处跑，她得去确认儿子是否有穿上拖鞋，以免被误会成没有家教的小孩。除了她，大部分的女人都熟门熟路。有人借了厕所，有些跟着梁家绮到了厨房的中岛，询问是否有帮得上忙的地方。而那位让大家干等二十分钟的女子，拉着女儿往沙发走去，甫坐稳，小女孩便喊渴。

"阿梅，饮料呢？我不是跟你说了，大家等了一下，会渴吗？"

"太太，我放在冰箱，还没有拿出来，我现在拿出来。"

"还要拿个冰桶装冰块。"梁家绮朝着阿梅的背影叮嘱。

阿梅拿来两杯果汁在那对迟到的母女面前放下。小女孩接起果汁，一口仰尽。

视线一角，客厅的边缘摆了一架平台式钢琴，钢琴的下方是织有八边形格纹的土色地毯。陈匀娴有点想问，这架钢琴是怎么进来这个家的。无论是哪一种答案，都会让她感到意外。

杨培宸不在客厅，也不在餐桌。

他究竟是往哪里跑了？

再往前走去，是约莫五米长、一米宽的走廊，两侧有房间，墙上放了裱框的画，陈匀娴一时半刻看不出个名堂。走廊的尽头是一面镜子，陈匀娴看到自己脸上的表情，又失落，又艳羡。这房子真是好长好长。她猜，也许比她跟杨定国的家大上一倍？还是不止？

她跟杨定国的电梯大楼，扣掉公设①，室内二十四点九坪（约82.3平方米）。好处是楼高，十六楼，签约前，陈匀娴还想跟屋主做最后的挣扎，十万、二十万也好，可以做好多事情。那位即将回香港养老的老先生微眯着眼，把夫妻俩带到窗前，打开窗，

---

① 意指公摊。

凉意一下子拂在脸上，仿佛有人柔柔地托着你的脸，陈匀娴下意识往后退了一步。老先生问："这样的景色，难道不值得吗？"这句话没有说错，从他们所站的位置往下看，人影，车流，都不过指尖大。可以站在这样的位置，也算是一种社会阶层的隐喻了。再者，她也喜欢十六，这数字感觉很吉利。她刻意压抑住她心内的认同，往丈夫看了一眼，杨定国专注地看着窗外，眼中闪烁着孩童见到新奇食物的喜悦之情，陈匀娴复看了一下老先生的神情，一看，她确定，没办法再杀价了。

◆

　　他们本来会有自己的房子的。

　　比不上蔡万德的家，可是绝对比他们现在的大楼更好。

　　大三那次从宜兰回来后，陈匀娴找到了一个崭新的观点，去审视她跟杨定国的感情。她无从确定，杨定国的家世跟陈亮颖的丈夫，何者胜出。她旁敲侧击过，杨定国的家庭，除了目前自住的五十坪（约 165.2 平方米）大楼以外，他们在信义区还有一户近三十坪（约 99 平方米）的公寓，SARS 期间买下的，走路到信义威秀不用五分钟。当前以房客支付的房租来缴纳房贷，算一算，再七八年后还清。陈匀娴升上大四后，杨定国似乎动了成家的意向，屡屡在两人相处时，引进结婚的话题。

　　他为两人的未来，勾勒了一幅，至今想来仍无可挑剔的愿景。

"我会说服我妈妈，等我们结婚，让我们搬去信义区那一户公寓。"

"那里面的房客怎么办？"

"这什么傻话，当然是叫他们搬出去，房东要娶媳妇，这理由够正当吧？"

"你父母也许会想叫我们跟他们一起住啊。"

"不不不，结婚后要有自己小家庭的空间，我可不想要被夹在妈妈跟老婆中间当夹心饼干。而且，住信义区多好，想看电影，走一下就到电影院了，天天都能约会！"

陈匀娴没有再说话，心里甜蜜地发起泡泡。想着陈亮颖，想着杨定国，她对于课业的追求再也没有青春时期的斗志昂扬。她意兴阑珊，逃课频频。大四那一年，她正式造访杨定国一家，在杨宜家的助攻之下，她不费吹灰之力地收获了杨定国双亲的喜爱。杨母的反应，好得不能再好，她频频询问陈匀娴喜欢什么首饰，家中的大人爱吃什么瓜果，有服用补品的习惯吗。不远的春节，她属意送几个礼盒过去，给未来的亲家打个招呼。陈匀娴有些受宠若惊，她只能点头，不断说好。临别前，杨母宽慰地搭着她的肩膀，以随意又亲密的口吻说："定国有没有说过，我们有一间公寓，在信义区那儿收租？你们结婚后，先在那边住，慢慢存你们的头期款。"

这句话，成了陈匀娴大四那年，出席率奇惨无比的主因。

爱情令她变得懒散，她不再汲汲营营于打造亮眼的 GPA。

她太得意忘形了，疏于注意，不应把鸡蛋放在同一个篮子。也可能她曾有过机会，将眼前的局面做一番精致的淘洗，但她只是将所有的犹豫和不安，都解释为自卑感在作祟，每一次转折，人们的心中不是没有保护的机制，但有更强的机制会蒙蔽他们的心眼。人类真是说服自己的专家，明明感应到事有蹊跷，但为了当下的幸福感及成就感，竟能练就睁眼不见、充耳不闻的绝技。

◆

陈匀娴她很喜欢她跟杨定国最后买下的那户电梯大楼。

由于头期款超出他们的预算，家具只能分批购入，两人把手头仅存的一点现金，用在一张很贵的床垫上。这是杨定国的主意，他认为，人一天至少有六个小时躺在床上，有四分之一的人生在床上度过，再怎么委屈，床垫的钱不能省。为了对得起这张床垫，陈匀娴去百货公司带回一组近八千的提花寝饰。粉蓝色，埃及长纤细棉的质地覆在身上像海，躺在床上，她安慰自己，即使事情出现了转折，但她尚未被击倒。

如今在这派对上，每往前一步，陈匀娴对于这个想法的怀疑就骤升一分。

梁家绮的家好通透，像娃娃屋，到处是植物，还有她也说不出什么理由，看起来就是觉得理所当然的摆设。桌跟墙的间隔很足，人在移动时不用顾忌手脚会撞到家具。她走了七八步，路线上尚未出现障碍物。真是令人感到挫败，这里可是台北市的精华地段。

有一个房室的门是半敞的，陈匀娴推门想进去找儿子，梁家绮注意到了，她提着声音喊："啊，那个是我老公的娱乐室，要再往前、再往前才是我儿子的房间，我猜他把培宸带进去了。"

陈匀娴又是一阵心慌意乱，她以为自己的举动够隐秘。

这女人究竟花了多少心思在留心四周的变动？

好不容易走到蔡昊谦的房间，眼前那幕和乐融融的景象却深深抚慰了她打从进入蔡府惶惶不安的心。两个孩子的脸贴得好近，杨培宸半趴在地上，像一只猫伏在蔡昊谦的膝盖边，蔡昊谦坐着，地上放了一排公仔。蔡昊谦粗胖的手指一一指点，扬扬得意，这一个是日本带回来的，那一个是住在美国的姑姑送的。他表情生动，喋喋不休。

杨培宸听得很专注，双眼流淌着羡慕的光华，他也很想要。

杨培宸有穿拖鞋，不知是自动自发，还是有人提醒他。陈匀娴松了一口气。她不想让这些太太们在背后说杨培宸缺乏管教。她烦躁起来，有点想暂时离开，喘口气也好。

她又看了一眼孩子们的互动，虽然是第一天相识，蔡昊谦却对杨培宸表现出极大的善意，杨培宸触摸那些价格不菲的收藏，蔡昊谦也没阻止，任由杨培宸任意更换公仔的位置。突然，蔡昊谦说了什么，杨培宸乐不可支，朝蔡昊谦的后背狠狠地敲了一下。

陈匀娴差点没吓晕，她前进两步，正要手口并用地教训杨培宸，一只冷白的手突地横出，把她给勾了回去。她侧身一看，是梁家绮，又是那女主人的笑容，梁家绮以气音说道："放孩子自己玩吧。"

陈匀娴迟豫地又看了孩子们一眼，幸好，蔡昊谦没发脾气，他呵呵笑开，心情很好。

"你不先过来客厅，跟我们聊天吗？"

见陈匀娴没反应，梁家绮补上一句："你是第一次来，很多人还不认识你。"她指了指客厅，不知不觉，除了蔡昊谦跟杨培宸，大家都在客厅了，他们的说笑声传入陈匀娴耳中。

陈匀娴点头答应，待梁家绮一走远，她快步冲进房，抓住儿子小小的胳膊，厉声警告。

"答应我，待会儿不管怎样开心，都不可以像刚刚那样打人，知道吗？"

蔡昊谦斜着头打量陈匀娴，陈匀娴的大动作似乎吓着了他。

杨培宸模糊地应了声，"好啦，好啦。"

"你不要敷衍我，你再给我看到一次，像刚刚那样打人家，你就完蛋了！"

见儿子一脸不情愿，陈匀娴缓了颜色，凑在儿子耳边，低声倾诉。

"这都是为了爸爸好，你知不知道？"

杨培宸昂起脸，眼神迷迷蒙蒙，似乎勉强搞懂了母亲的意思。

陈匀娴再度走到客厅，梁家绮人在餐厅，陈匀娴听到梁家绮不耐地催促着阿梅。

吧台后方，蒸气上扬，糅合着柠檬与薄荷的香气沁入陈匀娴的鼻间。

透过旁人的交谈，她得知了一件事：迟到的女子叫作苏若兰，女儿叫陈馨语。

陈馨语坐没坐相，上半身都往母亲苏若兰身上倒。

"我不想吃意大利面，我想直接吃蛋糕。我们什么时候可以直接吃蛋糕？"

陈匀娴皱了皱鼻子，想收回最初对这女孩的好感。她喜欢真诚，但不喜欢过分的真诚。

苏若兰顺了顺女儿的头发，试着安抚，"Kat 阿姨是做意大利面的专家，你错过的话，一定会后悔的，如果你等得很不耐烦，可以跟其他小朋友一起玩。"

陈馨语抬头看了那些站在电视屏幕前玩着 Wii 的小孩一眼，"我不要，那个我不想再玩了，好无聊。"

苏若兰不再理睬女儿，她转过身，接续了方才未尽的话题。

陈匀娴花了一些时间，才弄懂第二件事：她们正在讨论语言学习。这话题勾起了陈匀娴的兴致，她左右张望，想找个位子坐，但唯一的座位离苏若兰好近，思索了一下，她决定站着。

"她最近开始上正音课了，"苏若兰指了指陈馨语，"她到现在还不会ㄅㄆㄇ①，我只好给她找了一个家教老师，一小时一千二，读语言学，正统是正统，问题是，小孩根本不受教。"

苏若兰夸张地翻了个白眼，"她根本是在浪费我老公的钱，课爱上不上的，有时候老师已经在门口脱鞋子了，她却给我躲在钢琴底下，不肯出来。我几乎快被她气死！"

"我儿子还在中班的时候，我就有特别找老师加强注音了。"一个太太加入话题。

"我就知道，我果然太晚起步了！"苏若兰揉了揉额角，"我怕再这样下去，真要被我老公说中，我们女儿之后就懒得写中文了。她现在，说中文还算甘愿，要她写，像是要她的命。"

陈匀娴暗暗地张嘴，有这种困扰？

她决定静观其变，这个场合，若是老实地讲出自己教小孩的瓶颈，搞不好会引发不必要的效果。她的烦恼与苏若兰相反，她想剔掉杨培宸说英文时的台湾腔。即使幼儿园的导师不断地说服她，"James的英文已经够好了"，她还是暗自不满，好是一回事，自然是另外一回事。

有位太太对这话题蠢蠢欲动，她殷勤地说起儿子当初是如何练习ㄅㄆㄇ，"小孩子有时候不可以太宠"，她的腔调有着老一辈的郑重其事，陈匀娴觉得这太太有些眼熟，没记错的话，应该

---

① "ㄅ、ㄆ、ㄇ"为台湾地区汉语注音符号。汉语拼音"b、p、m"与其对应。

是公司叶经理的妻子，叶经理跟蔡万德是旧识，但他今天不会到，他去香港出差。

"我们家老大，当初也是吵着说中文笔画太多，不肯写，我逼他坐下，陪他一个字、一个字慢慢描，他写到一半，发脾气，故意给我写英文。我跟我老公说，我管不动了，你们姓叶的都一个硬脾气，你自己来管。"叶太太顿了顿，确定大家都在看她，"我老公的个性，之前说过吧，军人家庭出身的，虽然在美国待了七八年，骨子里还是中国人，才不信爱的教育那一套。你们要不要猜猜，他是怎么跟我儿子谈的？"

"不要卖关子。又不是小朋友。"苏若兰耸耸肩，倒回沙发上。

阿梅放下了托盘，把茶杯一个一个端上，请大家喝茶，午餐快准备好了。

苏若兰伸手欲取，翘起的无名指上，有碎星在闪烁。

"你就日行一善，直接告诉大家嘛。"另一个太太打起圆场。

见众人兴致缺缺，叶太太识相地揭晓。

"我老公真的很聪明，他直接跟我儿子说，再不乖乖上中文家教，就把他转到附近的公立小学。我儿子一听到，整个人吓晕了，小朋友嘛，最怕跟朋友分开了。我看这招似乎有用，又补了一句，'公立小学的小朋友只说中文，你去那边，讲英文没有人知道你在说什么，老师的英文都还比你差，到时候看你怎么办！'"

叶太太的语气很具有煽动力，苏若兰笑了，其他女人也一团和气地笑了。

陈匀娴扯了扯嘴角，做出一个要笑不笑的神情。她扭了扭身子，调整重心，一直站着，她的双脚有些发麻。当然，她知道久站不是最主要的原因，她的倦意也来自于，就在刚刚，她的自尊心被轻轻地踢了一脚。杨培宸也要去公立小学了。

叶太太的言语令她觉得自己矮了一截，她想着想着，不自觉涨红了脸。

若当初，那户位在信义区的公寓没有被骗走，她现在一定也是扮演着叶太太的角色，毫不害臊地说着这种半是埋怨半是炫耀的话语吧。

◆

婚姻，是一段非常冗长的对话。

很多人会问，要共同走入婚姻的对象，至少要具备什么样的特质呢？陈匀娴认为，至少，要确信你们签字时，双方都掌握全局。夫妻这身份关系，像是把两个人绑在同一条船上，船是驶入风暴？驶向丰盈的大陆？没有人能预知。若其中一方在签名时，是基于错误的信息，当风浪咬上这条船，他的心中怎么可能没有恨？

陈匀娴大学毕业在即之际，杨定国的家中失去了安宁。

杨母夜间盗汗与容易疲累的问题持续好几年了，她没就医，以为是更年期，自己买了一些中药吃，直到症状日益明显，做了

34

抽血检查，才得知是血癌。杨定国问医生，可以治疗吗？治疗后，还能活几年？医生答复，先住院，安排化疗，之后的效果只能再看看。

杨定国讲述这件事的同时，也一并告知了父亲的期望：有没有考虑安定下来。

"可是，我还没有心理准备，这么早结婚。"陈匀娴回答。

"我知道这实在是太突然了。你会抗拒，我能理解。"

"不，我不是要拒绝你，只是、只是我……"

"你怎么样？"杨定国见有一丝希望，心急地追问。

"我不确定自己能不能说服我爸妈，你知道的，我姐很早就结婚了，他们到现在还没有真正放下。他们虽然没有明讲，但我猜，他们希望我毕业后，先回云林找工作，陪他们一阵子……"

"那你呢？小娴，你怎么想？你想要回去吗？"

"我当然想留在台北啊……"

陈匀娴原先的计划是，先工作两三年再结婚。即使杨宜家偶尔会调侃，要陈匀娴"多试试几个"，陈匀娴却未曾有过这打算。她很满意跟杨定国的关系，杨定国喜欢惯着她。毕竟陈匀娴与他溺爱的妹妹同龄，杨定国没办法对她认真地发起脾气。除此之外，陈亮颖的话也悄悄地渗进她的心房：杨定国是个难得的好对象，你要把握这机会。

陈匀娴硬着头皮，打了通电话回家，她抛出杨母的病情，先测试母亲的反应。

"那他们家现在还好吗？"简惠美充满同情地慰问。

"还好，只是说……定国的爸爸提出一个建议，想征求你跟爸爸的意见。"

"什么建议？"简惠美的语气有了防备。

陈匀娴猜想她应该就此打住，回家时再亲口说出，可是她也不想再背负这件事的重量，下一秒，她脱口而出，"他希望我跟定国先结婚，让定国妈妈可以安心。"

母女俩对着话筒沉默良久，简惠美再次开口，语音颤抖。

"这个家是有多差？姐姐离开了，你也不想待？"

"妈，"陈匀娴胸口泛起一片胀疼，"这件事跟家里没有关系，是定国的妈妈现在病危，还没有等到合适的捐赠人。你见过定国，就会知道为什么我会做出这个决定了。况且，定国家现在有难关，我如果置身事外，定国妈妈要有个三长两短，我跟定国的感情怎么办？定国的爸爸会怎么想？他们以后会真心接纳我吗？"

语毕，陈匀娴有点被自己的表现给吓倒。她没有意识到自己这么在乎。

"他们家是做什么的？"

陈匀娴如释重负，事情有了曙光。

"定国的爸爸以前在投顾公司当高阶主管，妈妈是小学老师。两人都退休了。"

"你嫁进去住哪里？他们家房间够吗？"

"他们家在台北有两套房，一户自住，一户目前在收租。定国的妈妈说，我们要结婚的话，就把出租的那套收回来，作为我们的新房。"陈匀娴见母亲态度软化，趁隙又补了一句，"妈，你自己也知道，台北的房子有多贵……他们很有诚意了。我去哪里找这种对象？"

简惠美叹了一口气，"好吧，我知道了，我再跟你爸爸说，先让他有个心理准备，你哪一天要带定国回来给我们看，快点决定，决定好了跟我说。"

胜利的滋味来得汹涌且突然，欣喜之余，陈匀娴冷不防地感到惶恐。

嫁给杨定国，是一个正确的选择吗？她真正了解杨定国吗？她又是真正了解婚姻吗？挂上电话后，陈匀娴想着想着，不知不觉喉咙发紧，没有预期中的兴奋，反而多了些意料之外的沮丧。她给自己打气：陈匀娴，你别再杞人忧天了。你比多少女人都幸运，你甚至比陈亮颖还幸运，高学历又脾气温和的丈夫，台北市中心的公寓，坪数够大，最完美的是——只住两个人！

婚礼过后，陈匀娴先搬进去杨家。这跟答应好的不一样，她可以、也愿意谅解。杨母病得更重了，此时离开并不厚道。她负责照顾杨母，依照医生嘱咐给她调配饮食，陪她上医院接受化疗药物的注射，抽血回诊，以酒精擦拭、高温煮烫使用的器皿。每一夜，闭上眼睛，陈匀娴都觉得自己的周遭像是被灌满了水泥，而她卡在其中，动弹不得。

好累。照顾病人好累，进入别人的家庭，以一个内部成员的角色生活也好累。

杨宜家跟她道过歉，她自知女儿的责任不应由陈匀娴承担。话锋一转，她又自怨自艾。

"我太没用了，我会赶快考上教师，让你可以喘一口气。"

"没关系，你先认真准备教师考试，我还可以。"

这句话有多少的真情？多少的客气？陈匀娴自己也不确定。

日子又过了半年，杨母的愿望实现了：陈匀娴有了身孕。从医生口中确认这个消息时，陈匀娴比想象中的还要喜悦，她以为，会有人顾虑到孕妇是不能照顾病人的。可惜的是，她的期待落空了，除了一句来自杨定国的"你辛苦了"，她没有得到任何实质的协助。对此，杨定国提出了一个让人哭笑不得的说法：妈妈习惯给你照顾了，请看护她会很别扭。

陈匀娴无言以对。她寻思过，杨定国对于这段婚姻应该是满意的，而她应该要因为丈夫满意，也跟着对这段婚姻产生认同感。只是她办不到。简惠美打电话给她，问她"最近过得好吗"，是陈匀娴最悲伤的时刻，怎么可能过得好？为了搀扶杨母，她用力过度，一躺到床上，肢体酸痛，仿佛有人抓着她的脊椎用力地上下摇晃，而杨母因为病痛加剧而发出的呻吟，也让陈匀娴连带地暴躁起来。"吵死人了！可不可以安静一下，我知道你很不舒服，但是一直哀鸣，除了让照顾者觉得负担以外，并没有任何作用啊。"她屡次想要这样吼回去。可是她没有纵容自己的欲望凌驾了理智，一次也没有，她紧捏着自己的大腿，克制那翻腾的冲动。

想一想未来吧，想一想眼前这形销骨立的身体告别人世后，你的丈夫会补偿你的。你们会重新装潢、粉刷那户公寓。并在别人问起时，漫不经心地回答："啊，对，我住信义区，信义威秀附近，你知道是哪儿吗？"对方若够上道，八成会眨眨眼，嘴巴微微开启："那里不是一坪上百万吗？"这时，千万要沉住气息，要维持先前的从容，以稳定的声量回答："我丈夫家很早就买了，那时候的价位还可以负担啦。"紧接着，什么也不用做，等待对方以羡慕与憧憬的目光注视自己即可。

想想这些闪烁着金色光芒的对话吧，只要这么想，就觉得眼前的痛苦，是可以忍受的。

正因为期望太多，带来的反作用力也怎地可怕。杨培宸满月不久，杨母在家人的陪伴下，咽下了最后一口气。杨母闭上眼睛的那个刹那，心酸交织着解脱的感受充满着陈匀娴的全身。告别式一结束，陈匀娴不无委屈地跟丈夫撒娇，催促杨家也该履行承诺了。一方面是渴望自立，一方面是她再也不能容忍公公杨一展惊人的生活习惯。杨一展被妻子宠坏了，走到哪儿，垃圾扔到哪儿。虽已退休，还是爱跟着老友酒叙，饮酒回来，就直接睡下。

从前他睡在主卧，之后怕干扰到妻子，不知从哪一天起，他把一件毛毯放在沙发上，再也不回房睡了。汗气、人睡着时会散发的气味，并发出奇异的酸碱气味，从此弥漫在客厅里。杨定国曾在妻子的告饶下，鼓起勇气请父亲定时洗澡，杨一展置若罔闻，照样过他的生活。

陈匀娴的忍让，杨定国都看在眼里，他天真地去跟父亲商量，母亲逝世了，他们该依照原订计划，迁出自住，请父亲跟房客收回那户公寓。

万没想到，杨一展双手一摊，坦承：那户房子于近日要被法拍了。

说到这，杨一展也有气，数年前，他听从一位老酒友的邀约，投资了对方牵线的养生饮料事业，他信了对方的说辞，月缴一万，一个月可回收一千，一开始，杨一展都按月领到钱，尝到甜头后，杨一展便以那公寓为抵押，贷了一大笔现金，加码投入，坐等一夕暴富。谁料某一天起，再也领不到钱，才惊觉上当受骗，几个主要干部早已出逃海外，而那位酒友自己也是受害人。杨一展无力清偿贷款，只能任银行法拍。

"那可是近三千万的数字啊……"杨定国哀号出声。

"你以为我就不难受？否则我为什么这半年要借酒浇愁？光是你妈妈的癌症，我会变成这样？那可是我前半辈子的血汗钱换来的房子！"

"你这样，要我怎么跟小娴交代……她一直以为我们会搬进去……"

"你问我，我问谁？我也很想问天啊！活到一大把年纪，为什么不能安享晚年？"

"爸，你搞清楚状况。我们承诺过人家了，事情变成这样，我怎么跟小娴的爸妈交代？他们若想来台北看房子，我去哪里生一个家？"

"什么叫作我搞清楚状况？你才没搞清楚状况！那房子是靠谁的努力才有的？现在是怎样？儿子跟老子兴师问罪？你与其在这边跟我大小声，不如想一下怎么靠自己！我跟你讲白了，我手边还有一两百万现金可以给你们安家，你再跟我吵，一毛也没有！"

陈匀娴知情时，惊愕地摔掉了一罐精华液，玻璃瓶身碎成片片，柑橘调的香气奔腾在空气间。她恨吗？她当然恨，偏偏杨一展聪明得给自己留下了后路，那一两百万的现金，形同长出牙齿，恶狠狠地咬住了他们夫妻俩。她看着哭出泪水的丈夫，能怎么做？还能怎么做？他们结婚不久，孩子也才刚出生，她愤恨地流出泪水，就这样了吗？

"爸说的也没错，那本来就是他亲手赚来的，事情只是回到原点而已……"杨定国蹲下身，注视着软倒在地的妻子，眼中带着一丝胆怯，"况且，假设爸给我两百万，加上我的存款、我的收入，难道没办法自己买一套吗？对，短时间内我们会有房贷的压力，可是小娴，相信我，事情没那么悲观。……不然这样，我们先搬出去住好吗？我知道，你现在无法与我爸共处一个屋檐下，至少这是我能做的，只希望你不要太在意房子的事了……"

陈匀娴木然地瞪着那张忙于讨好她的脸，这个曾经让她以为，自己可以什么事情也不用担忧的男人，如今在恳求她的谅解。有一张膜开始结起，横亘在她与杨定国之中，她看不清楚，也听不清楚周遭所发生的种种。几秒后，她听见自己的声音。

"那就这样吧……"

◆

人果然不能忍受委屈。陈匀娴以为，透过时间的长久，自己已渐渐不在意，殊不知伤痕始终在原地，未曾褪去。掐指一算，六年了，六年前的恩怨，信手拈来，不费吹灰之力。她的面孔从哀伤转为漠然，强打起精神，好让自己置身当下。

女人们讨论起各所私立小学的利弊，哪一间师资好；哪一间虽是老字号，管教上却也是出了名的严苛；哪一间尽善尽美，偏偏败在地处偏远。陈匀娴旁观地听着，没有太上心。

这些机会与选择都不属于杨培宸。

看房子时，中介一看到他们抱着孩子，随即把推销的重点置放在学区上。中介言带保证，该对象的地段很好，到高中都是明星学校，父母很省心。在杨培宸进入大班前，陈匀娴始终以为，杨培宸绝对会就读那所公立小学。这个想法，在杨培宸即将升上中班时，变得更加确实。杨培宸的导师曾脱口语出，班上有个小女孩，父母正无所不用其极地要把小孩迁来杨培宸的学区，闻言，陈匀娴当下带点骄傲地想，相较起来，我真是提早规划的聪明母亲，心念一转，她忍不住以一种高傲的姿态去审视那对父母，小孩子都中班了才紧张学区的事，心脏未免太大颗了吧。

但，杨培宸进了大班之后，陈匀娴又有了不同的思维。她固定追踪了几位亲子部落客，一日，她不安地察觉，这些部落客们，至少，她特别欣赏的几位，都把孩子往私立小学送。她们的理由让陈匀娴心中一凛：我们应该对孩子未来要接受的教育质量更用心。

这句话敲进陈匀娴的内心，她既像是被训责，又仿佛深受鼓舞了。此语不假，作为父母，不应总是如此被动、如此理所当然。

陈匀娴一头钻进这个议题，她走得越深，便越是相信，自己差点就疏忽了儿子的人生大事。小学整整有六年，别的不讲，光提她最在意的下课时间：公立小学低年级，只有星期二是全天课，三点半放学，其余的周间都是中午十二点半左右便放人回家；非得等到孩子升上高年级，才有较多的天数是全天班。孩子放学与父母下班间的空白，如何弥补？陈匀娴赶紧发文询问一些家中有大孩子的妈妈，网友们踊跃响应，热心分享，过程中自然免不了一些隐私的刺探。

"你们跟长辈一起住吗？"

"没有，我婆婆在我们婚后不久病逝了，我公公跟小姑一起住，小姑跟我一样，准时上下班，我公公身体不好，这几年还开始有失智症状，不能帮忙照顾小孩。"

"也就是说，婆家那边没有后援了。好吧，那娘家在哪里呢？"

"我爸妈在南部。"

"娘家也没有后援啊……这样子的话，你只能祈祷找到好的安亲班①了。"

好的安亲班哪里找？十一点多，陈匀娴翻开笔记本电脑，一所一所地搜寻，不查还好，一查实在让人懊丧，再怎么声誉良好的安亲班，还是能翻找到一两篇负评。有的妈妈写道，她带着女儿，在好几所知名安亲班之间试读，半年后才终于稳定。理由很简单，每一所安亲班的风气不同，教师的流动也得纳入考虑，只看前人的文章，并不完全准确。

另一个陈匀娴爱戴许久的亲子部落客立场更激进，她认为：安亲班是走投无路时的选择，她宁愿找几个志同道合的朋友，组织共学团，聘请专业的家教老师，以控管教学的质量。

共学团？谁有心力搞这些玩意儿？她有可能只付钱，但不出

_____

① 专指台湾地区的课后托管班，因有助于解放家长接送孩子、辅导孩子作业，所以被称为"安亲班"。

力吗？这么做，其他妈妈会不会认为她是在"母职外包"？信息大量涌入，陈匀娴头疼起来，她彻夜没睡，只为了在不同组合之中求得最佳解。此际，私立小学的课后辅导，看起来很是诱人。师资整齐，场地完整，出了事绝对找得到人负责。若将公立小学的学费跟安亲班的费用相加，与私立小学学费的差距立即缩短了不少，若再把教育质量考虑进去，陈匀娴迷惘起来，把杨培宸送进公立小学，是一个正确的选择吗？她寻找着另一个可能，却很快地惊觉此路早已不通。声誉良好的私立小学，只愿意收附设幼儿园直升上来的小孩。杨培宸并不符合资格。陈匀娴碰得一鼻子灰，心中生起疑窦，她想起杨培宸在幼儿园的一个同学，明明不是某所小学附设幼儿园出身，却准备就读那所学校。她曾拜托幼儿园导师牵线，找出"特殊管道"。对方的回复很含蓄："你有没有认识什么有力人士？"

陈匀娴茫然了，有力人士？她想到的名字中，最端得上台面的，是公司主管叶德仪。纵使叶德仪愿意，陈匀娴也不会蠢到让她介入。这跟去借高利贷没有两样，借五毛势必得还一块的。倘若她跟叶德仪要了这份人情，她可以预见，不远的将来，这份人情将滚成雪球大，再冷冷辗过她。

她这边不行，杨定国那边呢？若杨一展的脑袋还清楚，说不定请得动一些过往商界的旧识，但老人家现在连自己的午餐吃了没都记不清楚，这条线不能指望。陈匀娴失眠一个礼拜，第七天她放弃了，好，就顺其自然，读公立小学吧，终究没有读私立的命。这个结局令她没来由地产生一种对不起杨培宸的微妙心情，她安慰自己，没关系，不过是恢复了最初的计划，大不了日后选择安亲班时谨慎一些、严谨一些便罢。

所有的排演与思量，陈匀娴都没让杨定国知道，这对她没有好处。杨定国若知情，只会淡淡地说："放轻松，不要为孩子操心这么多。"陈匀娴之前被这种态度给激怒过几次，年轻时她很喜欢杨定国这种随遇而安的恬淡，她曾以为，那是身处中产阶级所培养出来的余裕与悠哉。后来她逐渐体会到，这种特质，换一种解释方式，就是太过小心翼翼，欠缺冒险的胆识。

若你问他，为什么读公立小学？他势必会回答你，为什么不？

◆

如今站在这客厅，听着这些贵妇妈妈无意的闲谈，陈匀娴的伤心往事又给翻上表面。方才，她悄悄地观察儿子跟蔡昊谦的互动，蔡昊谦有时候习惯以英文表达，杨培宸大致上听得懂，能应付，也会回一两句英文。她感到欣慰，又觉得纠结，此时两人还在同一水平上，六年之后，谁可以担保，不同的教育系统所教养出的孩子，还能如同现在毫无藩篱地谈话？

陈匀娴保持站姿，转身注视窗外，时间默默流转，天空有了阴翳，落进室内的阳光敛了不少。

她看了一眼壁上的钟，该回来了吧。似乎是要验证她的想法，玄关传来骚动，男人们进屋了。

陈匀娴大步走向玄关，她真不想承认，上一次因为看到杨定国而兴奋不止，恐怕是数年前的往事。尽管如此，她很高兴，她需要有人加入这一切，她熟识的人。

蔡万德的球衣洁白如新，他笑，满嘴齐白的牙齿，"大家午安，不好意思，迟到了。"

杨定国跟吴副总跟在后面，前者身上挂着两个球袋，满脸通红。

梁家绮迎上前去，作势调侃，"明明说今天只打一会儿的。"

蔡万德头也没抬，专注地解开背带，"今天手感好嘛，Steven，你快帮我说话。"

"对啊，今天总经理的手感特别好，连抓两只小鸟。"

"Chris呢？"蔡万德左顾右盼，"我们今天最重要的小寿星在哪儿？"

"在房间内跟Steven的儿子玩呢。"梁家绮说。

"哦？"蔡万德眉毛扬起，伸出粗壮的手臂，拍了拍杨定国的肩，"Steven，你看你们这对父子真是尽责，大的陪大的玩，小的陪小的玩。看来，不给你加薪了说不过去啊……"

不管是不是玩笑，只要出自老板，都值得严肃以对。

陈匀娴与杨定国交换了视线，后者眉毛一扬，相信自己的策略有了进展。

蔡万德轻手轻脚地穿过了走廊，往儿子的房间走去，陈匀娴的心底掠过一丝警觉，若蔡万德走到房间门口时，杨培宸忘记她的交代，又做出一些不合宜的肢体动作……她不敢想象。

她像是寓言中那听到笛声的老鼠，飞快地跟在丈夫的老板后面。

蔡万德停下了脚步，倚着门框，不发一语，陈匀娴一跟上，几乎是同一瞬间，她理解了蔡万德的沉默。蔡昊谦把半身高的书搁在自己腿上，杨培宸肚皮贴地，双手撑着自己的脸，嘴巴微张，聚精会神。很难想象，他们才第一天认识，竟如此投契。

蔡万德清清嗓子，低声喊："Chris。"

两个小孩同时转过头来。

蔡万德走上前，蹲下身，揉了揉儿子细软的头发。

"生日快乐！你高兴吗？"

"高兴！"

蔡万德转头看着杨培宸，目光柔和。

"你是培宸吧？你爸爸常在公司说到你，你觉得我们家好玩吗？"

杨培宸不是个怕生的孩子，但他从蔡万德身后，母亲紧抓着门沿的模样，感觉到眼前这个人身份特殊，他绷起脸，一下子变得很羞怯，没有搭话。

"培宸,人家蔡老板在问你问题啊!"陈匀娴不禁出言催促。

杨培宸茫然地点点头,"好玩,这里很好玩!"

"老公,你先去换衣服,不要把汗味带来这里啦。"梁家绮也凑过来,"肉酱也搞定了,比萨还要烤一下,我先上意大利面。老公,你不是有叫他们带换洗衣服吗?我刚刚让阿梅准备好他们的毛巾了,你去跟他们说浴室在哪里,顺便讲一下淋浴柱怎么用,不要按错钮了,那个恒温控制的不要转动。"

原来这里有三间浴室,陈匀娴又惊讶了一次。

蔡万德扶着膝盖,站起身子,"Chris,你要照顾你的新朋友喔。"

"好!"

"跟他说,妈妈的意大利面是全世界最好吃的意大利面喔!"

"我知道啦!"蔡昊谦的语调有些不耐烦了。

蔡万德一走远,陈匀娴后知后觉,她跟梁家绮站得好近。她可以清楚看见梁家绮手上的青筋。

"Chris好喜欢你们家培宸,他不会跟第一次见面的小孩玩成这样。"

梁家绮的笑容很诚恳,却不知怎么也有点虚弱。这样的想法只是一闪而过,陈匀娴眯起眼,想驱散这古怪的念头。她看着梁家绮,直觉告诉她,梁家绮的话还没说完。

但梁家绮只是轻松一笑,对着孩子们大喊:"好了,孩子们,出来吧。要吃午餐了！"

比萨，西红柿肉丸子意大利面，莴苣上头撒了橄榄、葡萄干与腰果，莴苣的边缘则有龙虾点缀。大人风味的烤肋排，一咬开，嘴巴都是肉汁的香气，却没有猪肉的腥味。餐桌正中央，是一篮法式小面包，梁家绮昨天预约，嘱咐店家一出炉直往这里送，面包用布巾包裹着，用手指撕开时，指尖可以感受到些微的余温，小麦跟香草的气息窜入鼻窦。吃到一半，阿梅过来放下一只小碟子。梁家绮说明，之前准备过这家的面包，因为太好吃了，很多人问可不可以只吃面包，但她觉得干吃太刮嘴，这次要阿梅弄了柠檬奶酪酱，让大家可以自己搭配使用。汤品则是大人小孩都热爱的海鲜浓汤。席间，有太太问梁家绮，橄榄油用哪一牌的？尝起来的果香比她家的还清爽。梁家绮以惋惜的口吻回复，她在欧洲的朋友，有缘认识一位庄园的主人，他每年会亲自拣选质量最好的橄榄来取油，取出的成品只送不卖。梁家绮的手边也只有两瓶，她自己也是挑场合使用。

美食佳肴若没有餐具的帮衬，气势也失了一半。梁家绮显然是 Wedgwood^① 的忠实爱好者，丝绸之路系列她几乎拥有全系列的产品，从色拉钵到中式汤碗、方盘。看那繁复的手绘花边，陈匀娴在心中轻叹，她也喜欢 Wedgwood，但她的喜爱并无法让她忽略那可怕的价钱。

① 英国国宝级品牌，以精致陶瓷器闻名。

她一边吃，一边心不在焉地想，这些好吃到让她想舔手指的菜肴，都是梁家绮一手规划的？会不会是她在超市买了半成品？回家再以自家厨具做加热与调味？说到厨具，她有听到梁家绮回答另一位太太的问题，那位太太腻了自家的厨房，跟老公商量打掉重做，问梁家绮建议，梁家绮给了一个名字，bulthaup①，没听过，陈匀娴默默记下，返家后，她要上网查询这牌子的来历。买不买得起是一回事，讲得出这个牌子，就有了三分样。

　　苏若兰撕开面包，她不要阿梅的柠檬奶酪，她正在尝试所谓的地中海饮食，所以叫阿梅给她准备另一个小碟，放橄榄油跟红酒醋。陈馨语笨拙地把意大利面塞进自己的嘴里，她不太会用叉子，叉子在她手上，一副随时会掉落地上的样子。杨培宸吃得满脸都是比萨的余粉，陈匀娴抽了卫生纸，给儿子擦嘴，杨培宸讨着要陈匀娴给他装意大利面。

　　陈匀娴喝了一口现榨果汁，有些尴尬地发现，自己还可以再吃下一整盘意大利面。梁家绮使用的西红柿，不知从哪里买来的，香气特别浓烈，让人意犹未尽。

　　平心而论，梁家绮满足了每个人的味蕾。陈匀娴想起自己也给杨培宸办过一次生日派对，就一次，规格完全不能跟这场相提并论，她只是动动手指跟嘴巴，打了电话，叫了比萨跟炸鸡桶，还为那些同学们的妈妈泡了一壶花草茶，以免她们不想喝比萨店

---

① 德国厨房设计品牌。

附赠的可乐。除了蛋糕，她还买了好几袋手工饼干，切了四五种水果，以免有人不满，认为垃圾食物的比例太高。

同学们一走，她一边收拾，一边计算着开销，这般阳春，也花了四五千，还不包含杨培宸要带去幼儿园发送的小礼物，哦，还有小礼物。自从有一位妈妈，在儿子生日当天，送了全班一人一份文具组，其他的妈妈们隐约受到了刺激，接力送出更精心、更特别的小礼物，陈匀娴很想视而不见，偏偏她又没有这种勇气。当晚，她告诉儿子，从今以后，生日派对跟生日礼物二选一，不可以两个都要，做人要懂得知足。

过一年，杨培宸选择生日礼物。至于今年……陈匀娴不动声色地估量着狼吞虎咽的儿子，她不确定，见识过 Chris 的生日派对后，培宸是否会在心态上产生改变。

蔡万德以家居服再度现身，发梢飘散着木质调的清爽香气。不久，杨定国从另一方出现，陈匀娴稍稍伸长了脖子，看向丈夫，她旁边有个位子。杨定国正要走向陈匀娴时，蔡万德举起手招呼，"Steven，你来坐我旁边，我们待会儿说话方便。"老板的命令，杨定国不能不从，旋踵改变方向，一屁股坐在老板身侧。梁家绮从厨房端出新的面包，她的位子给杨定国坐去了，她从善如流，紧挨着陈匀娴坐下。苏若兰抬头看了一眼，视线停在陈匀娴身上，又晃过去梁家绮身上。陈匀娴想捕捉她的目光时，苏若兰又匆匆转身跟隔壁的叶太太寒暄。

蔡万德、杨定国跟吴副总自成一圈，他们大口吃喝，讨论美股的走势，英国脱欧对于欧元汇率的影响，云云。苏若兰在介绍她采用地中海饮食的成效。

"比我之前吃酵素还有效，我现在常跑厕所，我老公说我皮肤好像变好了。"她喃喃道。

"饮食很重要是没错，"一位太太加入话题，"可是我觉得好慢，我到后来直接投靠医美。你们看，我现在下巴的线条，是不是很紧？三个月前打的，效果现在最好。"

"对，我刚刚也想问你，下巴怎么变得那么紧，"叶太太的手横过桌子，摸了摸说话者的下巴，"不知是不是年纪有了，我觉得我从下巴到脖子这里的肉，松垮垮的，我之前也有做医美，效果不怎么样，我老公说我是在浪费钱。"

"那是因为你没有遇到真正的行家，我把那个医生的电话给你，他很不好约，很多内地、香港的艺人都指定他。他本人来打，一次要二十万，你报我的名字，有优惠。"

话题转眼间走到了陈匀娴难以插话的领域，她啜了一口现榨果汁，再一口。

梁家绮搭腔了，她问大家还要不要来点意大利面，肉酱还有剩，阿梅可以再煮。

苏若兰摇摇头，"我今天已经失控了，不能再吃了，这么多淀粉容易胖在腰跟屁股上。"她郑重其事地抚摸着肚腹，陈匀娴忍住嘴角的抽扯，苏若兰其实瘦得要命，她是在场最瘦的人。

叶太太望着梁家绮笑道："好，当然好，这么好吃的意大利面，谁想错过？"

其他女人们顺从地用力点头，对于梁家绮的好手艺赞不绝口。

阿梅双手交握，站在吧台那儿，她站得直直，眼神不住地朝大桌子飘来。梁家绮使个眼色，阿梅一下子来收走空盘，一下子问大家要不要再来一些果汁。太阳倾斜，话语声渐趋低微，大人们疲态渐现，咬字越来越含糊。蔡昊谦走到梁家绮跟前，问他可不可以带孩子们去游戏间，梁家绮起身打电话给柜台，请对方设好空调，孩子们即将使用三楼的游戏间。

"给孩子们消化一下也好，待会儿再来吃蛋糕。"梁家绮说。

女人们茫然地点头，像是动物园下午时分的动物。太多精致的食物在她们的胃袋滞留。无论梁家绮说什么，她们都很难拒绝。陈匀娴以为梁家绮一定想跟着孩子们去，但她猜错了，孩子们一进了电梯，梁家绮便回到屋内。孩子们不在，她看起来更加愉快了。

◆

苏若兰跟叶太太和其他两位太太聊起来，陈匀娴竖耳旁听了一阵子：苏若兰打算在寒假时带陈馨语去日本，在东京迪士尼跟大阪环球影城间拿不定主意，想请大家给她意见。

"东京迪士尼，她去过两次了，蛮喜欢的，是安全牌，就是

54

没有新鲜感。环球影城，我们还没去过，优点是可以去京都，只是怕小孩子没那么喜欢。"

男人们聊得更加勤快，杨定国跟吴副总都想把握时间，加深老板对自己的印象。在梁家绮的暗示下，阿梅送来几瓶啤酒。陈匀娴瞄了一眼，美式的。杨定国顾虑着待会开车，没碰，吴副总说他妻子能开车，遂放心地扭开拉环，仰头一饮。现在，除了奶油跟面粉的味道，空气中多了一股水果的酸气。蔡万德低声啐了一句，陈匀娴没听到，从杨定国脸一亮判断，该是个好消息。

陈匀娴默默把椅子搬得离他们更近，才重新坐定，梁家绮从吧台中走出，在她面前放下了一杯蜂蜜色的液体，她的右手握着另一杯。阿梅端着一个大托盘，上面摆了数杯相同颜色的液体。

只有自己的这杯是梁家绮亲自拿来的，陈匀娴有些不知所措。

她下意识地往旁边缩了些，让出更多的空间给梁家绮。

"谢谢！"

"这是日本来的酵素液，加了胶原蛋白，你喝喝看。"

陈匀娴点了点头，即使很饱，也撑着喝了一大口。

"之前听 Steven 说过，你不是台北人？"

"对，我老家在云林①，读大学时才上来台北的。"

"云林？云林哪里？"

---

① 云林县是台湾省下辖县，位于台湾中部。

"仑背①那里，很小的地方，没几个人知道。"

梁家绮偏着头，陷入沉默，没有再接下去。

这样也好，陈匀娴松了一口气，提到自己的家乡，总有人冒失地追问，离六轻②很近吗？那里空气污染是不是很严重啊？这种问题常让陈匀娴疲惫不堪，她很庆幸梁家绮并不关心。

"你父母也是云林人吗？"

"我爸是，我妈从高雄嫁过去。"

"哦，原来如此。他们也在银行业吗？"

陈匀娴迟疑了一下，疑心顿生。她可以察觉到苏若兰隔着距离在观察她们这里的动态。她有些紧张，该说出实话，还是要敷衍带过这个问题呢？想了想，她勉为其难地回答。

"喔不，他们，呃……算餐饮业，有一间自己的小吃店。"

"哪一种小吃？"梁家绮眼神一闪，"我也很喜欢南部小吃。"

"就是简单的阳春面、馄饨面，跟一些卤味之类的。"陈匀娴看向杨定国，不是很确定丈夫是否喜欢她在这种场合讨论自己的背景。杨定国在跟蔡万德说话，神情热切而专注，整个人散发出不宜打断的气场。陈匀娴心想，既然如此，也不能怪我了。

"真好，我小时候，总是嫉妒班上一个男生，因为他们家跟你家一样是卖面的，牛肉面，很有名，要吃得排队很久的那种。

---

① 仑背乡隶属云林县。

② 台湾云林县麦寮六轻工业区。

56

我那时的梦想就是跟这个男生交换身份，这样子，我就可以天天喝牛肉汤。我到现在都还记得他们家汤头的味道！"

陈匀娴看着梁家绮，片刻间无言以对，只好尴尬一笑。

苏若兰终于按捺不住，她换了个位子，在陈匀娴的对面。

"你们在这里说什么悄悄话？我也要听！"

"匀娴是云林人呢，"梁家绮声调愉快，"我们的朋友中，还没有从云林来的吧？"

"云林啊？"苏若兰皱起眉头，敷衍地扯了扯嘴角，"确实很少见。"

"哦，对了，Kat，我们刚刚讨论到，也许明年寒假，一起带小孩出国吧？"

苏若兰很快地牵走了话题，她说话时只看着梁家绮，仿佛陈匀娴并不存在。

太久了，陈匀娴想，她待在这里太久了。她的体力跟精神流失得好快。她没有心理准备，一场单纯的生日派对，可以让她这么心神不宁。她变得很想回家。

这个派对该结束了，等孩子们回来，把蛋糕吃完，也让梁家绮发完礼物。她当然有发现，那些盒子明显地摆在一旁，仿佛在对宾客们招手。

她祈祷梁家绮别送太贵的礼物，她不想让儿子患得患失。

◆

　　有一句话是，计划赶不上变化。陈匀娴的理解是：你渴望的事情，都可能以各种方式离你远去。在规划的当下，你也不是没想过失败的可能，但，也不知哪来的信心，你就是有把握，直至洪水来袭，你才恍然大悟，自己一直住在低地区。

　　以她个人而言，最经典的例子当然是那户信义区的公寓，事隔多年，陈匀娴仍可以唤起那股胸腔紧缩的闷痛。她跟杨定国曾自信满满，有那么一天他们会搬进去。没有房贷、车贷的压力下，杨定国的薪水足以负担他们一家人过上经济无虞的日子。说不定，还可以考虑再生第二胎。杨定国渴望再生一个，他的观念是，独生子肩负太多了，两个人的期望与忧心，都押在一个人身上。

　　第二个例子是，他们夫妻俩的职涯远比预料中崎岖。

　　杨培宸满周岁时，陈匀娴把记账一整年的结果塞进丈夫的手里。

　　杨定国打开簿子，眼珠盯着那些数字。

　　"我们存款累积得太慢了。再这样下去，儿子都十岁了我们还在租屋。"

　　"那你觉得，"杨定国问，"怎么做比较好？"

　　"我考虑把儿子送托育，这样子家里会有两份薪水，比较实际。再来，你的学长不是一直找你去他的公司吗？你要不要考虑跳槽？学长现在的薪水，不是比你高很多吗？"

杨定国哦了一声，没有显露出太多情绪。

陈匀娴心急起来，不自觉地提高音量。"你不要那么安于现状啊！这不只是你一个人的未来，也包括我跟你儿子的未来，儿子之后要读幼儿园了，没有全美的，至少可以去双语的吧。我不想送他去公幼，一来很难抽，二来公幼又不教英文。是省钱，但牺牲太多了。"

几天后，杨定国送出了履历。三四个月的斡旋与等待，他来到了蔡万德的公司，职位不变，待遇跟原公司相去无几，为杨定国牵线的学长说，关键在于发展性。一旦表现符合了蔡万德的期许，他在分红时是绝不手软的，前提是杨定国尽快进入核心的位置。

学长给出一个数字，三年吧，他当初是在三年内做到的，他认为杨定国也可以做到。

陈匀娴计算，悲观一点，五年好了，五年后杨定国才做到学长所说的位置，薪水比照学长，那会是超过百万的差距，那时，杨培宸也上小学了，他们会需要更多钱，去支持孩子的教育。

至于她自己，一找到配合的保姆，陈匀娴全力投入银行考试。早上八点，把杨培宸送去保姆家，她先去吃早餐，等图书馆开门。她不吃午餐，好争取更多的读书时间。五点一到，她起身收拾题库与文具，先去接儿子，再去邻近的菜市场张罗晚餐的食材。晚上，餐盘洗净后，她会陪杨培宸说故事，唱儿歌，以及认简单的数字。待儿子睡下，她从背包内抽出题库，挑灯夜战，直至十二点钟。

那一年，陈匀娴很少跟杨定国说话，她感受得到，自己还在为了梦的破碎，反复伤心着。她不止一次想着，为什么杨一展拿房子去抵押时，没有知会他们一声？他们差点能阻止杨一展铸下大错。她更觉得杨一展欠她一声道歉，她对那公寓是有期待的，这份期待，不仅支持着她结婚的意向，也支持着她一肩扛下杨母的看护重担。

她不愿这么想，可是她无法欺骗自己，实情是，知道信义区的房子飞了以后，她有股遭到诈欺般的悲愤。因此，不说话也好，各自忙碌也好，陈匀娴宁愿发了狠地拼命读书，也不想要跟杨定国面对面好好长谈。

时间还近，伤痕还新，他们最好不要靠得太近。

杨一展的事，陈匀娴既没有告知父母，也没有跟陈亮颖诉说。陈亮颖生了一对双胞胎，时常在脸书上更新一家四口连同公婆，出游玩乐的照片。陈匀娴本想倾吐自己的不幸，一看到姐姐跟姐夫，抱着稚子，在从基督城前往格雷茅斯的景观火车上合照，她咽下了所有想倾诉的语言。

发榜那天，看到自己的名字，以及数来的名次后，陈匀娴握紧手，手放在胸口上，捶了两下。这个家终于有好消息了，她转身拥抱一旁焦急询问的杨定国，这是在杨一展吐实失去房子以后，夫妻俩最亲密的接触。"我考上了，"陈匀娴说，"我们重新开始。"

那时他们都以为人生再次就定位了，未能料及，彼此还有新的关卡要面对。

◆

　　新闻曝光后，陈匀娴接到了很多人的关心。当然也有母亲简惠美的电话。若她记得没错，母亲打来时，她跟杨定国正吵得如火如荼，杨定国一把抄起了电视柜上的玻璃相框，怒目瞪着她，陈匀娴不自主地打起冷战，杨定国的眼神透露出：他要这么做，他真的会把那个相框往地上砸。她进退维谷，该阻止杨定国，还是索性让这个玻璃相框成为她的替罪羔羊？两人之间的张力来到最高处时，电话铃响，这场斡旋被迫中断，陈匀娴按下收听键，旋即听到母亲焦虑地大吼："到底是发生什么事了，你跟宸宸为什么会上新闻？"

　　陈匀娴再也承受不住，她托着手机，跌坐在地上，浑身发冷，不停眨眼睛。

　　有一句话是，"不见棺材不掉泪"。这句话只说了一半，人在见到黄河以后，除了掉泪，他们还会做出不少事情。像是，他们会想要找到浮木，或者是把更多人拖下水，让自己不再是唯一一个得对于眼前的残局负责的人。陈匀娴抓起自己的喉咙，她真想捂住耳朵，或者从当下她所处的位置彻底消失，如此一来，她不需要再承担这些扭绞成一块的感受：痛苦、羞愤，以及恨。

　　简惠美执着地一再追问，"你说话啊？你怎么不说话？宸宸还好吗？你跟定国还好吗？"

陈匀娴呆愣几秒，猛地找到了反击的方式，她大喊："妈，你可不可以先让我冷静一下，我自己都不知道发生什么事了，我怎么有办法回答你？我跟定国正在吵架，你就先放过我，让我跟定国吵完，再看要怎么跟你解释，可以吗？"

挂断电话后，陈匀娴注视着眼前怒气腾腾的杨定国，浑浑噩噩地想，我只是按照自己得到的信息，想办法为我们一家人做出最好的安排，我何错之有？任何一个人，落到我的位置上，就不会做出一样的判断？若有人跟我一样，见证过暴雨与干涸，绝望了这么多年，即使心知眼前的绿洲可能是海市蜃楼，他们就真的能保证，不会为了这甜美的幻觉而喜极而泣？

◆

派对前一个礼拜。

又来了，又来了。

整个下腹都扭转成一团的痛楚又来了。

拉开抽屉，新表飞鸣与布洛芬近在眼前。陈匀娴抬头望了一下月历，想确认此时下腹的抽痛，是因为刚才赶着吞下午餐，还是月经将至。

"这盒是什么？"陈匀娴还来不及阻止时，叶德仪已将那盒布洛芬抽出。她把药盒举高，摇了摇，半眯着眼睛，凝视，喃喃道：

"神经痛、头痛、生理痛……"

叶德仪把药盒放下，"这是在吃什么的？"

"身体有时候会不舒服。"

"哦，你月经要来了？"叶德仪的眼神紧盯着陈匀娴的脸。

腹痛又一次袭来，好像有一只手伸进去她的腹部，胡乱摆放她的脏器。

陈匀娴抬起脸，正面迎上叶德仪的视线，"就有些时候，身体会怪怪的。"

很多人说，月经相关的症候，上了年纪就会改善。不知为何，她反而在生了杨培宸之后，疼痛加剧。当然，她不会跟叶德仪说老实话。她很清楚，叶德仪有多么反感任何跟"年纪"和"小孩"相关的字眼。叶德仪四十几岁了，未婚。传闻她曾有论及婚嫁的对象，为什么到最后没有结婚？知情的人不多，且绝口不提。有一件事，倒是比较能公开地说：婚事告吹之后，叶德仪在工作上更加卖命。陈匀娴进入公司的前两年，叶德仪为了建置某一与洗钱防制相关的规定，配合外派美国的同事，昼夜无休，一天睡不到三小时。叶德仪在短时间内爬到现今的位置，很少有人提出异议，只祈祷自己不要与叶德仪共事。这种把个人生命与公司系在一起的上司，不仅是过劳死的高风险族群，底下的员工也很难幸免高工时的命运。陈匀娴进来公司，没有一刻是轻松的。

像现在，叶德仪才刚放下一个药盒，又顺手拿起一个药罐。

"匀娴，你什么时候吃起胃药了？怎么了？我给你的工作分量太多了？"

"没有啦。这是帮朋友做业绩才买的，吃这个可以保健肠胃。"

叶德仪把盒子转了一圈，读起上头指引，若有所思，竟没有离开的意思。陈匀娴只得继续处理先前被打断的工作，她才看了三行，皮包震动起来，陈匀娴赶紧捞出手机，低头一看，是杨培宸的幼儿园导师打来的，陈匀娴跟叶德仪点头示意，阔步朝前走。

经过时钟前，她留神一看，才五点三十分。

"怎么了，培宸忘记带英文课本了吗？"

"妈妈，你忘记今天不用上英文课了吗？"杨培宸哀怨的声音传来。

"啊？今天不是星期三吗？"

"对，可是 Teacher John 生病了，要去医院做检查。老师上礼拜有说……"

"好，你再等一下，妈妈现在去接你。"

陈匀娴压下胸口的灼热，勉强回忆。

上礼拜五她去接杨培宸的时候，跟 John 配合的中文老师说了什么？片段、模糊的画面断断续续地进入她的脑海，对，确实，中文老师有提到 John 最近生病了，她还回了一些祝福早日康复的话。至于其他的部分，她真没印象。陈匀娴将拇指压在跳动的太阳穴上，怪罪起儿子的班导，这么重要的事情，昨天她去接杨培宸，导师大可以再提醒一次的。如今可好，她才答应了叶德仪，会先将手上的文章做完重点整理后再走。还是打给杨定国？不，不可能，杨定国今天五点要进会议室，可靠消息指出，蔡万德将做出一些人事安排，杨定国极有可能在这波调度中出现。陈匀娴回到办公室，叶德仪在她自己的座位上，注视计算机屏幕，看起来还算愉快。陈匀娴抓了抓裙子，走上前去。

"Sophia，我临时有事得先走，我会把资料带回家，十点前传给你，好吗？"

"怎么那么突然？你不是说做完才走？"叶德仪停下动作，看着陈匀娴。

"我妈妈来台北做身体检查，也没先说一声，现在结束了，叫我去台大医院接她。"

"哦，好吧，你走吧。"叶德仪挥了挥右手，再也不看她。

陈匀娴把文件信手扫进皮包，不敢置信今天的好运，叶德仪就这样信了她。

十五分钟后，陈匀娴气喘吁吁地出现在幼儿园门口。杨培宸刚给牵出来，小脸涨红，看到母亲，别过头去，此举让陈匀娴胸口一刺。导师赶忙打圆场。

"刚才我们给培宸吃了一个布丁，待会儿晚餐他可能会有点吃不下，不好意思。"

"我才不好意思，我忘记 Teacher John 生病的事了。"

"没关系，只是小状况。大家都很喜欢Teacher John，对吧？"

杨培宸小声"嗯"了一声，陈匀娴把儿子拉过来，要他跟老师道谢。

还不及走远，杨培宸就发难："别人的妈妈都有记得，只有你忘记……"

"我不是故意的。"陈匀娴回应。

"上礼拜五，老师有跟你说了，你还有点头。"

"你不要用这种口气跟妈妈说话，妈妈今天已经很累、很累了。"

陈匀娴并不真的在意儿子质问她，相反，她很抱歉，这不是第一次她忘记课程的调动。她知道自己不应该，但也觉得导师的待人处事可以更圆融点。那通电话，八成是导师要杨培宸拨打的，导师是不是在无形中，把不能准时下班的压力施加给儿子了呢？哎，当初杨培宸升上大班，陈匀娴一知道新的导师才二十五岁，即心有不安。年轻的导师虽有活力，对于职业妇女还是少了一份同理心。她喜欢上一位导师，四十多岁，自己有两个小孩，很有耐心。

"别对妈妈生气了，待会儿我们要去买蛋糕，买你最爱的香蕉巧克力好吗？"

杨培宸鼻子一吸，"为什么？"声音犹带着怒气，但已有原谅之意。

"因为今天是爸爸很重要的日子。"

"爸爸的生日不是已经过了吗？"

"不是爸爸的生日，嗯……"陈匀娴寻找着一个六岁孩童能够理解的词汇，"今天是爸爸可能会加薪的日子，如果爸爸赚的钱变多了，也许我们可以搭飞机去日本。"

"真的吗？"杨培宸双眼发亮，先前的委屈一扫而空。他双手成拳，奋力地跳动着。仿佛自己已经置身于座舱上，看着机翼大张，承受飞机在起飞瞬间带来的压力。幼儿园中，不少孩童已有出国的经验，杨培宸从同学们带回来的零食、昂贵的书包以及新奇的色笔感受到，能够搭上飞机前往异国，是一件很了不起的事情。自那时起，他对于搭上飞机，有着充满活力的憧憬。

见到儿子恢复了朝气，陈匀娴卸下胸口重负，她实在没足够的气力，在面对叶德仪后，还得消解一个孩童的负面情绪。她拿出手机查看，没有信息，还没有公布吗？她提起精神，决定依照原定计划进行，第一站是蛋糕，她事先打电话请柜台保留了，一到便能取货，不会耗上太多时间，第二站是去鼎泰丰外带排骨蛋炒饭、油焖笋、丝瓜虾仁小笼包跟虾肉红油抄手，都是杨定国钟情的菜色。汤她昨夜炖好了，香菇鸡汤，过了一夜，风味绝佳。采买进行得很顺利，陈匀娴还有时间到隔壁的面包店挑选明天的早餐，又提了一盒牛奶。

返家时，七点三十五，她再一次拿出手机，没有来自杨定国的只字片语。陈匀娴胸中的情绪，分岔成两个方向，一方面的她，犹在垂死挣扎着。五年了，杨定国进入公司，也有五年了，戏棚下站久了，该有一次做主角的机会吧。另一方面的她，想起了一年前的往事，那一回，蔡万德口头允诺，会给杨定国"应有的报偿"，没想到，半路杀出一个程咬金，友人的儿子从美国学成归国了，想来公司磨炼磨炼，原本要给杨定国的职位，又让了出去。

陈匀娴悄悄思量：问题是否在于背景？不管是学长，还是那位"空降部队"，家族中的父辈们，在商场上活跃依旧，动作频频。反观杨定国，杨一展在商场上所建立起的社交网络，今已寂静如荒野，原因无他：投资失利的风暴重挫了杨一展的信心，他先是爆发了躁郁，近年又有了失智的征兆，过往的老友们，一一疏淡远离。这些念头，她只是想着，没提出来跟丈夫分享。但是在杨定国屡屡升迁不利时，这些念头会像是季节性的花粉，或者梅雨，笼罩着陈匀娴，让她忧心忡忡。

八点半了，没有信息。

杨培宸九点半就得上床了，太晚吃会影响到儿子的睡眠质量。

考虑了几秒钟，陈匀娴打开餐盒，放进微波炉，"我们先吃。"

"可是，爸爸还没有回来。"杨培宸吞了吞口水，眼睛紧跟着母亲的动作。

"没有关系，爸爸说我们可以先吃。他晚点回来。"

陈匀娴从冰箱拿出鸡汤，放在炉子上加热。

会议的结果已昭然若揭。夫妻一场，她了解杨定国，假使进展得很顺利，杨定国绝对会按捺不住的。陈匀娴把双手贴在脸上，试图以手掌的热气柔和她僵冷的脸。她对着儿子挤出一丝笑容，不想让杨培宸感受到大人的复杂心思。杨培宸吃了半盘炒饭跟一些汤，还吃了一整块蛋糕，陈匀娴陪着儿子吃了些，没有太多，她还得空着一些容量，陪杨定国吃。

趁着儿子在浴室洗澡的空当，陈匀娴忍不住传了一封信息："还好吗？"

杨定国很快回传："晚点说，现在很烦。"

那个晚上，杨定国满身酒气，蹒跚地步入家中。陈匀娴深呼吸一口气，心底充斥着懊恼与不满的情绪。她要工作，要照顾孩子，还得安抚丈夫的情绪。她体贴了这么多人，可有谁来体贴她？

杨定国坐在玄关的板凳上，踢掉鞋子，大喊："你知道老板说什么吗？"

"我不在会议上，怎么会知道？"

"他要我再忍忍，有人比我更急。他妈的，我难道就不急？学长说，因为 Bob 的舅舅有来打点，Ted 的爸爸跟对方交情十几年。十几年又怎样？就能这样不劳而获吗？"

"所以，你这次又没有了吗？"陈匀娴只关心重点。

"对！又没有了！我在这家公司，尽心尽力，得到什么？只有一连串的谎言！"

陈匀娴咬起下唇，脸色低沉，不发一语。

电话响了，陈匀娴走去接起，竟是学长打来的。

"定国有平安到家吧？……"

"嗯，他刚到家。"

"呃，那你帮我转达一声，刚刚跟定国分开后，我有打电话跟 Ted 谈了一下，Ted 说，他会在别的地方弥补定国。下礼拜是 Ted 儿子的生日派对，他想请定国带着你跟培宸出席。Ted 很少邀请公司的人去他家。我不确定 Ted 打算怎么处理这件事，可是，我猜他有要处理。麻烦你跟定国说一声，先不要意气用事，可以的话，先假装什么事也没发生。这样说有点过分，可是我怕定国太冲动，我好不容易帮他拉的机会，就这样砸了。"

"谢谢学长，不好意思，还让你操心到这个程度。"

"我也有不是，是我拉定国进公司来的，也不知怎么会……唉，定国太可惜了！"

好不容易把杨定国拖到床上，听着他呼呼大睡的鼾声。陈匀娴在丈夫身边躺下，她还没洗澡，可是她没有力气了。工作跟家庭，轮流抽干了她的精神。她设定闹钟，六点，明日得早起，得洗澡，也得跟杨定国讨论生日派对的事，她得说服杨定国，少安毋躁，还未走到穷途末路，别拿石头砸自己的脚。陈匀娴闭上眼睛，想到姐姐，阿尔卑斯山景观火车，金色阳光与绿野，山峰上分明的雪线，一对双胞胎，体贴的丈夫，幸福完美的家庭生活。

Ted 家比姐夫家更好过吧……他们的生日派对，又会是什么样子呢？一场私密的聚会，能影响多少？会不会学长只是在夸大其词？

在寂寞与无助的轮番侵扰中，陈匀娴眉头紧皱，睡得不太理想。

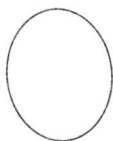

第二部分

◆

那日自蔡府离去后，陈匀娴一直逼问杨定国，生日派对上，蔡万德是否有所表示？杨定国说，蔡万德聊的净是些世界情势的发展，公司的事，他只字未提。

陈匀娴失望又懊悔，她问丈夫："学长为什么要给我们这么大的期望？"

"我也不知道。"

"那你打算怎么办？"

"我能有什么打算？若我要争执升迁案的事，早就错过时间点了。现在，球也陪人家打了，也去人家家里吃了快快乐乐的一餐了，我难道要现在翻脸吗？"杨定国瞪大眼。

"你再去问问看学长啊，你老板不可能单纯叫我们去吃饭吧。"

"你先不要给我这么大的压力，我想再等一下。"

陈匀娴看着丈夫，她知道，杨定国已经失去为自己争执权益的气势了。她感到焦虑，也不想再为了升迁一事跟杨定国继续争执下去。她很快地又投入工作，想跟过去一样，以工作来冲刷家庭所带来的烦躁。

一早，她就接获通知，叶德仪明年一月要到美国的分公司报告。这个消息令陈匀娴太阳穴周围发紧，这表示她得协助叶德仪整理出一份完美的资料。

她被这消息轰得眼睛涨痛，十一点半，叶德仪即将从客户方回来之际，陈匀娴双手插进口袋，冷着脸叮嘱助理："待会儿Sophia找我，说我去邮局办事，会顺便吃午餐。"

走进百货公司的美食街，冷气拂来，冲不散胸口的热气。手机响起，陈匀娴退到一边，让给后头排队的人，她不安地祈祷，千万别是叶德仪，没想到是杨定国。

她呆了一会儿，有什么事情非得用电话传达？

"我聪明又贤惠的老婆，你到底对我老板的老婆施了什么魔法？"

"怎么了？"

"老板问我这周末要不要去他家吃午餐，他有事要跟我谈。"

"有多少人被邀请？"陈匀娴产生兴趣。

"就只有我们，你、我跟儿子。所以我才想问，你是做了什么？Ted说他老婆很喜欢你。所以想找我们全家一起吃个饭，顺便商量一些事。"

陈匀娴勉强冷静下来，"你老板有说是什么事吗？"

她私心的期望是，蔡万德允诺就升迁一事，做出更积极的安排。

"不，他什么都没说，只是要我把时间空下来。"

"什么时候？"

"星期六的十二点半，一样是他家。"

"这一次，应该不会再挥棒落空了吧？"陈匀娴问。

"我没有办法保证。"

"好，我知道了，我现在人在排队，要轮到我了。"

挂断电话之后，陈匀娴打量起四周，拥挤的人群，一张张滑着手机，等着点餐与取餐的陌生面孔。没人发现她的情绪异常激动，心脏扑通撞击。她转身离开美食街，顺着手扶梯，到了上一个楼层，她推门进入连锁的知名咖啡厅，要了一杯双份浓缩。这通电话瓦解了她的食欲，她冷不防觉得进食变得无关紧要。她得仰赖过量的咖啡因，让她撑过这个午后。

同一天，两则重大信息！

为什么蔡万德独自邀请他们一家？那句"他老婆很喜欢你"又是什么意思？

陈匀娴在咖啡厅选了一个位子坐下，撑到最后一分钟才起身走掉。

"那天，梁家绮跟你聊了什么？"回家后，杨定国问她。

陈匀娴回想了一下，找不到什么特别值得说的部分。

"没什么，就闲聊。"她说。

"聊哪些东西？"

"就一些有的没的，她问我是哪里人，我跟她说了。"

"哦，你跟她说，你家里是卖小吃的？"

"对。"过了一会儿，陈匀娴小心翼翼地问，"这不能说吗？"

"我只是很好奇而已，"杨定国斟酌着自己的用词，"Ted跟我说过，他岳父是电信龙头的高层，岳母是大学教授，生了三个小孩，梁家绮，嗯，跟二哥差了十岁，猜得出来吧？她算是个意外，她是唯一的女儿，又这么小，全家当然宠得要命。"

"我很好奇，这种养尊处优，没有被人摆过脸色的女人……你是怎么做到的？"怕妻子不懂，杨定国进一步补充，"你知道吗？Ted一直强调，他老婆很喜欢你……"

陈匀娴踌躇不语，不太确定这是不是一种赞美。她有点讶异，派对上的梁家绮，那么面面俱到，又那么独立，看不出来被宠坏的痕迹。杨定国的补充，让陈匀娴对于梁家绮生出几分好感。

杨定国面容愉快，升迁不利的阴霾似乎已离他远去。

他甚至有心情逗小孩，"要去找Chris，你开不开心啊？"

陈匀娴看着丈夫，兴奋混杂着担忧在她的胸腔激烈地碰撞。要再次走进那户人家里，她很矛盾，她必须承认，这感觉有点像是当年上大学，你猜你会受一点伤，可是机会也藏在伤痕里。

◆

四大两小的组合，吃的比生日派对更为精致。

最让人眼睛一亮的，莫过于那鹅肝酱与蘑菇酱的威灵顿牛排，为了中和口味，汤品是简单的蔬菜汤，清甜可口。配饭吃，而不是面包。梁家绮提出解释，牛排配饭的组合，是蔡万德的发明。

蔡万德笑一笑，"没办法，我是台湾人嘛。"

"我很高兴可以吃到饭，每一次吃面包或马铃薯，很快就饿了。"杨定国说。

米粒晶莹，牙齿一轻咬，即迸发出淀粉独有的甘甜。

相较于梁家绮的殷勤，饭局半小时后，蔡万德显得心不在焉，他不止一次地从口袋掏出手机，看了一眼又匆匆放下。杨定国开启了几个话题，蔡万德有回应，但很短促。几次下来，陈匀娴感受得到，身旁的丈夫深呼吸的频率提高了。陈匀娴困惑了，蔡万德的冷漠，让他们看起来像是不请自来的一家三口。她看向一旁背着手等待的阿梅，明知徒劳，仍想从这位异国女子脸上看出一些蹊跷。两个孩子把手藏在桌巾底下，身体摇来晃去，任谁都看得出来他们在打闹。

"Chris，你让人家好好吃饭。"梁家绮柔声劝道。

"你们家培宸，也要上小学了吧？"蔡万德猝不及防地问道。

"对，他跟Chris一样大。"

"你们打算让他去念哪一间小学？"

杨定国看了妻子一眼，答道："我们家附近那间公立小学。"

"注册了吗？"

"才刚去登记而已。"陈匀娴把问题接了过来，这环节是她独自去处理的，杨定国无法回答。

"哦，那是一所怎么样的小学啊？"

难怪蔡万德对于这所驰名的小学没有概念，蔡万德读台北美国学校，毕业后便到美国当小留学生了。如果今天坐在对面的人，不是蔡万德，陈匀娴还能保留一些骄傲地介绍这所学校。毕竟，有多少父母想把户籍迁来他们所居住的区域，只为了送孩子进去该校就读。只是在蔡万德面前，陈匀娴一阵烦躁，这有什么好骄傲的？

在派对上，透过妈妈们的对谈，陈匀娴得知梁家绮跟苏若兰都打算把孩子送去松仁小学就读，松仁小学是这几年炙手可热的私立小学，很多政商名流都把小孩往那里送。

她勉强回神，简单地为丈夫的老板夫妇说明："老学校，评价算不错，很多政治人物跟艺人都把小孩子送去那里读书。"

一出口，她就悔恨自己的多嘴，没必要补充最后一句的。

"但我听说，老师管得满严，功课也很多哦？"梁家绮问。

"对，有几个妈妈已经提醒过我了。只是、该怎么说呢。我跟定国都要工作，有时也要加班，想想，这种严谨的校风，对于我们这种家庭来说，算是有帮助吧。"

"我听说他们还会体罚学生？"梁家绮再问道。

"呃，"陈匀娴慌了，若据实以告，可能会影响到这对夫妻对她的评价，但她也不想让这对夫妻认为她对教育议题并不上心。她停顿太久，包括孩子们，五双眼睛都好奇地看着她。她得做出表态。陈匀娴咬紧牙根，以一个客观的角度切入，"对，他们有时候会体罚。可是我有去问过了，体罚的情形没有大家想象中严重，只要学生安分，够认真，在校六年都不会遇到体罚。"

蔡万德没有搭腔，他的心思似乎又飘向远方。

他看向窗外，一排候鸟呈现人字形飞过。

孩子们已经吃饱了，蔡昊谦吵闹着，说他不想吃盘中的蔬菜，他要吃布丁了。

阿梅微微紧张地走上前问，"要上甜点了吗？"

甜点是面包布丁，昂贵的香草籽取代了香草精，表面应该有刷上一层果酱，为整盘烤物增加了色泽。阿梅切了一块，放进蔡昊谦的盘子里，蔡昊谦迫不及待，大口塞入，杨培宸在一旁眼巴巴看着，阿梅加快速度，一眨眼，一块散发着饱满蛋香的蛋糕降落在杨培宸的盘子上。

陈匀娴也吃了一些，味道着实令人惊喜，她以为面包布丁跟层次扯不上边。

阿梅没有问男人们，她把盘子放在桌子中央，梁家绮点头示意，阿梅退到一旁。

吃完了蛋糕，蔡昊谦问母亲，能不能带杨培宸到房间玩。梁家绮仔细确认杨培宸吃饱了，才温柔答应，她向陈匀娴表示歉意，"不好意思，我们 Chris 有点黏你们家儿子。"

餐桌上现在只剩下大人。陈匀娴不自觉地抚着肚子，这餐既精致又甘饱。陈匀娴可以理解，为什么叶德仪在见客户之前，必定审慎探听客户在饮食上的偏好。科技如此进步，人类从进食中得到的乐趣还是原始得不可思议。她感到昏沉欲睡，看来，又是一次会错意，什么补偿方案，都只是内心的自作多情。陈匀娴不再那么介意餐桌上的一举一动，他们进来两个小时了，要发生什么，早该发生了，她悄悄打了个呵欠，眼皮渐趋沉重。

她太懒散，当蔡万德的话语传入脑海里时，有好半晌，她听见了，却不解其意。

"Steven，你们有考虑过，把小孩送去私立小学吗？好比说，Chris 读的那间就不错。"

陈匀娴的目光在蔡万德跟丈夫之间跳来跳去，整个人清醒了。

杨定国放下杯子，神情呆滞，似乎给这问题难倒了。

"我们还真没想过……太忙了，户籍在哪儿，就读哪所。"

"那你们想不想把儿子送去松仁小学？我会请人把他们两个放在同一班。两个小孩可以做伴，我老婆也有聊天的对象了。是不是一举多得？"

"啊？！……"不只是杨定国，陈匀娴也被这意料之外的发展撞得头晕眼花。

"你们不要这么紧张，这其实是我的主意，只是 Ted 也满支持的。"梁家绮的语调很和蔼，"你们也知道嘛，Chris 是独生子，脾气又硬，这几年来，我们不是没有帮他找过朋友，也不知道是谁的问题，总之，Chris 很容易跟小朋友起争执。在幼儿园，他大概吵了几十次不想去上学，我也有错吧，那时就宠他，一直让他请假。幼儿园就算了，现在要上小学了，义务教育，不能说请就请。我本来想说，陈馨语也要读松仁，可以彼此照料，偏偏Chris很讨厌陈馨语。我这几天，一有时间就在想，Chris会不会在小学也适应不良……"

陈匀娴静静听着，她有个预感，这是很重要的对话。

梁家绮苦苦一笑，说了下去："上一次生日派对，我们好讶异，这是Chris第一次主动去拉其他小孩的手，他平常很讨厌碰到别人的！Chris还让培宸碰他心爱的模型。那些模型，连我老公要拿起来看，还要先经过他的同意。你们回家以后，我开玩笑地问他，如果培宸也在松仁，你会乖乖上学吗？没想到，我不是夸张，他说，如果培宸也在松仁，他一定会乖乖去上学。"

"Steven，你们家儿子到底是对我儿子做了什么，教几招吧。Chris很难商量的，我宁愿跟别人谈判，也不想要自己的儿子坐在谈判桌的对面。"

蔡万德的玩笑话发挥了功效，杨定国笑了起来，紧皱的眉头随之一弛。

陈匀娴没有跟着笑。她闻到了，有什么东西掩藏在话语的背后，她想要找出底下默默酝酿的什么。她深信梁家绮接下来要说的，是更不容错过的信息。

"我是想，两个小朋友刚好同岁，Steven又在Ted的公司工作，我跟匀娴也聊得来，这么多的巧合，不好好利用，不是很可惜吗？就跟 Ted 讨论了一下，Ted 也很赞成我的想法。"

听到自己的名字，从梁家绮的口中说出，还附带着评价，陈匀娴吓了一跳。

"可是，我问过了，松仁只收附幼上去的学生。"陈匀娴提出疑问。

"这部分很简单，一通电话，Ted 会处理好的。Chris 也不是读松仁附幼啊。"

陈匀娴花了好几秒才意识到，这就是那些妈妈们迂回的暗示：你有没有认识一些有力人士？

她感到惊奇，她以为，所谓的"靠关系"会更隆重一些、更正式一些，至少更让人看得出操作的痕迹，没想到并非如此，发生与结束，都在理所当然的语调之间。

"Steven，Kat 说得很清楚了。我知道，这件事影响重大，又很仓促，你们也无法马上确定吧。不如这样，你们先回去想一下，有什么问题，这样好了，Kat，我看你现在跟匀娴交换一下联络方式吧？你们有什么问题，就找 Kat。噢，对，差点忘了最重要的事，小孩子的学费，你们不排斥的话，我这边负责。你们不要觉得有什么压力，Kat 说得没错，Steven 在工作上表现得很认真，就当作是公司给员工的特别 bonus（奖励），应该的，应该的。"

话一说完，蔡万德倒回椅背，眉开眼笑地盯着夫妻俩，像是他已经看见事情的进展。

◆

　　该怎么定义蔡万德夫妇提出的梦幻邀约呢？悲观地想，这终究比不上一纸人事命令来得振奋人心；乐观来说，他们的儿子似乎比他们这对夫妇都来得幸运。

　　松仁小学的学费，在众多私立小学之中，可以说是"前段班"，因为该校主打国际化，外语师资多为教育本科出身，而不单纯是金发碧眼的外国人。陈匀娴认为这是个千载难逢的机会。返家后，她在数千笔资料中，翻找着松仁小学的评价。其中，她惊喜地想起，自己最喜欢的部落客艾薇，孩子亦是就读松仁小学，可惜的是，艾薇的小女儿即将毕业，她不太可能与艾薇更进一步认识。陈匀娴上下滚动着网页，想把那名女子写下的文字给深深烙印在脑海。

　　　身为两个孩子的妈，同时又是个家庭主妇，很多人问过我："你的老公是从事什么工作的？怎么有办法让你当家庭主妇，还可以负担两个小孩这么高额的学费呢？"每一次听到这种问题，艾薇一方面觉得，台湾人在隐私观念上，实在还有待加强，另一方面，又想要澄清一些家长的观念。老实说，艾薇的老公收入确实不错，但也没有高到可以让我们付学费时不会觉得心痛。艾薇已经想不起上一次去百货公司周年庆是什么时候了。为什么？因为在付完两个小孩在松仁的学费、保险，跟每一年全家小旅行的费用后，剩下的余额，并没有多到可以让我挥霍。

我知道，在某些人眼中，我这种行为像是在打肿脸充胖子。再一次，我希望大家可以去复习我置顶的那篇文章——《我为什么选择松仁》。我跟我先生的观念很简单：我们的人生，差不多已经定型了，可是孩子的未来，却充满着无限的可能跟可塑性。再说，一年加上一些杂费，三十几万，就可以为孩子换来国际化的环境。各位父母不妨思考一下，这样的费用，真的是天价吗？我们大人若想要在这种国际化的环境学习，一年三十多万，买得到这种服务吗？不可能吧。

再谈最后一件事，私校的学生，家庭素质很整齐。我问过女儿，她的同学们，至少父母的一方是"高社经"地位，也有不少同学的爷爷、舅舅是家喻户晓的大人物。我跟先生有时候会很羡慕两个小孩，小小年纪，认识的人脉比我们的还要多，还要好。艾薇可不记得自己小时候认识什么上流阶级的人物，可是艾薇的小女儿，可是跟很多名人的小孩同班呢。（至于是哪些人，原谅艾薇不能说，因为艾薇也不想要得罪那些大人物啊！）

讲这么多，艾薇想跟各位网友们说的是，孩子是很值得我们投资的，投资孩子的效果，比起投资大人的效果，还要好太多了！身为父母，该做的事情就是：替孩子做出人生的正确选择。毕竟，孩子来到这个世界上，什么都不懂，只能依赖我们为他们做出最棒的选择，若父母随随便便，放任孩子像杂草般乱长，还能期待小孩长大以后，感激我们，报答我们吗？

说得真是太好了，不愧是我追踪多年的艾薇。

陈匀娴合上笔记本电脑，心中有了定见。她已克制不住，想象四肢修长的杨培宸穿上量身订制的全套制服，清秀的脸蛋上散发出贵族般的气息。她感觉有些轻飘飘，必须审视这个家，好克制自己的情绪。陶醉之中，她也注意到一个事实：哎呀，她的家怎么如此狭窄。原屋主在客厅与餐厅的中间，放了一架屏风，想在有限的坪数中抽出空间感。刚搬进来时，陈匀娴想打掉屏风，她觉得屏风让客厅跟餐厅的动线变得很局限，而且屏风的材质看起来也不是太高贵，杨定国觉得陈匀娴太苛求，他倒是挺喜欢屏风的存在，觉得给客厅注入了高雅的气质。

两人没有共识，陈匀娴也懒得去动那屏风，看久了，也习惯了。只是现在，陈匀娴又开始觉得这屏风很碍眼，她微歪着头，盯着屏风的细节，低语："一般人挤破头都难进去的松仁小学，怎么可能就这样放手……"

陈匀娴找到手机，翻到梁家绮的账号，迟疑了片刻，又把手机放下。她转身，轻手轻脚地来到杨培宸的房间。如果可以，她真想许给儿子世界上所有的幸福与快乐。她自己无法摘下星星，为了杨培宸，她能够不计一切手段地去摘。艾薇还说过一句话：父母可以为了孩子舍弃梦想，因为在孩子出生以后，孩子本身就是父母的梦想。美哉斯言。陈匀娴在那张小脸蛋上、光满满的额头落下浅浅的一吻，她回到主卧室，在杨定国身边倒下。隔天起床，一睁开眼睛，她要传一封信息给梁家绮，先跟她说声早安，再赞美梁家绮再度带来让人赞叹的一餐。最后，她要以母亲的身份，慎重感谢梁家绮夫妇的鼎力相助，给杨培宸这么宝贵的机会，杨培宸也很喜欢蔡昊谦，对于可以跟新朋友一起面对小学的新生活，他觉得很开心。

两个都是独生子，又兴趣相投，让他们一起长大，不是很美好的一件事吗？

陈匀娴满足地叹了一口气，人生，又回到了正轨上。待杨培宸注册后，她第一个要告知陈亮颖，婚后多年，终于有一件体面的事，是她可以拿来跟姐姐炫耀的。

◆

就这样，一个急转弯，暑假结束后，杨培宸进入松仁小学就读。

开学前两个星期，梁家绮约陈匀娴出来聊聊，星期四，陈匀娴牙一咬，请了两小时的外出假。助理告诉她，一早，叶德仪传信息来，说她不会进办公室。陈匀娴认为这是老天保佑，两点一到，她拎起包包，愉悦的神色占据脸庞。

梁家绮在指定的茶餐厅等待，陈匀娴一靠近，梁家绮抬起头来，微笑随即跟上。

"你们公司的服装很好看。"

陈匀娴羞赧一笑，以小拇指把一绺落下的发丝勾回耳后。放眼望去，众人皆作清闲打扮，梁家绮也是。头一回会面，只有她们两人，少了彼此的丈夫跟孩子，陈匀娴有些不自在。

她先以道歉开场，"抱歉，从公司赶来，时间没有算准。迟到了。"

梁家绮摇摇手，"没事没事，我以前都在这儿等 Chris 放学，刚刚等你的时候，想到了一些过去的事，觉得有些怀念。孩子长得很快啊，一眨眼，就要上小学了。"

"Chris 是在哪里读幼儿园的啊？"

陈匀娴一边读着梁家绮递来的菜单，一边思索着这顿午茶会不会超过两个小时。她太沉浸于这个问题，没注意到梁家绮听到"幼儿园"三个字时，脸上闪过一阵暗影。等她再抬起头来，准备跟服务人员询问时，梁家绮面无表情地吐出一个名字。

"美儿爱。"

陈匀娴只用了一秒，就想起美儿爱这所幼儿园，曾经上过新闻。篇幅不大，只有四分之一个版面，又落在很偏僻的位置，常人不会留心。她之所以记得，是因为该篇报道出于张郁柔之手。

想到张郁柔，陈匀娴握紧菜单，避开跟梁家绮的对视，眼神时常会泄露人的心事。

张郁柔是陈匀娴的高中同学，在高中时，时常互争一二，若陈匀娴是第二名，张郁柔就是那一次模拟考的全校第一。出于竞争的心态，两人在走廊上四目相交时，也会行礼如仪地点个头。后来两人都上了同一所学校。大一时，也许都寂寞，宿舍也近，同一楼层的两端，经常约出来见面，发表各自对于新生活的意见，也抱怨这所城市的金玉其外。北部同学讲话时那驱之不散的优越感，仿佛出了台北市，所见所闻净是边陲的奇观。她们的感情最亲密时，还一起相邀跨年，杨宜家去找男友了，陈匀娴无聊得发慌，问张郁柔要不要做一件煽情的事：从学校后门走到信义区，只为了在人群齐声倒数的当下，亲眼见证火花从参天的笋状建筑物中喷发。往事想来多很绮丽，直到陈匀娴认识了杨定国，张郁柔也有自己的恋情要发展，联络疏了许多。即使如此，还是维持着一年见面两至三次的频率。陈匀娴产后，张郁柔带着一盒婴儿洗浴用品，跟陈匀娴爱吃的大饼，到月子中心看她。那时张郁柔的工作刚稳定下来，在一间小报当记者，规模虽不大，可是上头给记者的空间很足。陈匀娴佩服张郁柔的勇气，她不明白，怎么有人可以接受那么低廉的薪水，只为了从事他们向往多时的工作。陈匀娴给张郁柔打气，祝福故友能一展长才。

月子中心以外，陈匀娴又跟张郁柔见了几次面，都在外头。第一次，陈匀娴抱着杨培宸前往，她跟杨定国才刚搬出老家，陈匀娴独力带孩子，没有后援。她们的对话一再地被杨培宸的哭闹声截断，餐点才用到一半，陈匀娴不得不先行离场。她请求张郁柔的谅解，并承诺下一次的会面，只有两个人，她们可以没有旁顾地畅谈。后来的见面，有了保姆协助，两人不必再诚惶诚恐，担忧孩子的暴哭引来旁人的目光。

　　杨培宸上小班前一年，是她们最后一次见面。那次陈匀娴做主，订了火锅店，她刚拿到中秋奖金，她答应这一顿由她做东。前一个小时，她们聊得很尽兴，陈匀娴有好几次，放下筷子，只为了更充分地说话。不过，所谓"尽兴"，只是她的观点，依照张郁柔的说法，对话过了半个钟头，她已经开启了记者的"忍耐"社交模式，她忍了一个小时，才不耐烦地打断陈匀娴的滔滔不绝。

　　"匀娴，我觉得你变了好多。你现在好像我们大学时会嘲讽的那种欧巴桑①。"

　　"啊？"陈匀娴傻住了，喉咙紧缩，可是她隐隐知道张郁柔意指些什么。

　　"除了老公、小孩，还有公公有多差劲，你没有别的事情好说了吗？我知道你很辛苦，你忍耐很多，可是——我跟你见面，不是为了一直听你抱怨。你之前一直说喂母乳很辛苦，我劝过你

_____

① 日语直接发音，原意是大嫂、阿姨，泛指中老妇女。

90

多少次了，很辛苦就不要喂，小孩子可以喝奶粉长大，你自己不想改变，只要我听你抱怨。"

"你不想听，可以早点说。那我会知道这些事情不要找你说。我以为你是那种会想要倾听朋友烦恼的人，对不起，是我想太多了。"

"不是我不想听，是比例、比例的问题。你不是偶尔抱怨一下，你是一直在抱怨！再说，你公公确实很过分，但你又能怎样？一直抱怨，房子就会变到你名下吗？匀娴，我这样说，你可能会生气，可是我还是要老实说，每一次跟你见面，回到家我都会想，结婚好可怕，女人还是不要结婚好了，你自己都没有感觉吗？你变得好怨天尤人。"

两人的中间形成低气压，沉默涌入，填充了稀薄的空气。

如果那一阵子，陈匀娴没有等榜的压力，没有自己把孩子放给保姆带，好专心准备考试的罪恶感，没有对于杨一展那满腔沸腾又无处可去的怨气，她或许可以察觉得到：张郁柔其实是在撒娇，渴望陈匀娴陪着她共同唤回一份友情的余温。彼时两人都还很年轻，还有理想，也还有锐气，见面时可以谈一些甜蜜又刻薄的事，并且欢声不断。好景不复在，婚姻的挑战带给陈匀娴太多冲击，她反复地谈，一成不变地谈，无非希望张郁柔也能辨识出：她也在求救。

正因为她也有渴望被朋友了解的心意，在得知张郁柔并不领情的当下，陈匀娴觉得自己的自尊心不啻是被践踏了。她展开反击，一场她事后追悔莫及的反击。

"对，我现在只有这些事情可以谈，很无聊没错，那你自己呢？"

"我？"张郁柔瞪大眼，"又关我什么事了？"

"郁柔，你现在有声有色，跟我比起来，你确实一点也不无聊。然后呢？你实际拥有什么？"

"匀娴，你想说什么？你就不能就事论事？非得要这样转移话题？"

"这不叫转移话题，这叫作当你用一根手指指着别人的时候，得先想想是不是有四根手指指着自己。"陈匀娴深深吸一口气，再一鼓作气，"说我无聊，你自己呢？你的感情路始终走得一塌糊涂，哪一次不是被人劈腿？我庸俗，我无聊，我像欧巴桑，你又高明到哪里？"

"陈匀娴，你够了没，有必要扯到我的感情吗？"

"那不说感情了，说别的吧，我觉得你很不体谅。"陈匀娴眼眶一酸，"你明明知道，我大学就两个朋友，你跟杨宜家，可是我能跟杨宜家谈这些吗？不能，因为她是我的小姑。我只能找你谈我公公。我知道我在记恨，如果今天遇到这种事情的人是你，你难道不记恨？哦，搞不好你真的不会，因为你年轻，你还有理想，对吧？自我实现，这种话，你好意思说，我都不好意思听了。"

"陈匀娴你他妈真的疯了！……"

张郁柔气得发抖，从皮包内抓出几张钞票，扔在桌上，掉头就走。

陈匀娴待在原地，木然地静止不动，她反省着，自己很可能是把无法向杨宜家表露的，对这段婚姻的不满，一股脑儿地倒在张郁柔头上。哎，我的错，陈匀娴拿起筷子，继续把没吃完的锅物给食尽。她想，再也不相见，未尝不是一件好事，两人的世界早已变得殊途。

陈匀娴拉回心神，怯怯地点了个头，表示还在看菜单。

"美儿爱，很有名啊，我听说要进去，很早就得预约了。"

光茶品就整整两大页，地名横跨欧亚非大陆，陈匀娴眼花缭乱，只得张望这间餐厅的装潢，方才踏进来时，她满心满眼都是滴答流逝的时间，坐下来，她才注意到自己给满满的黄色茶罐包围着。餐厅正中央是一根有点儿突兀的圆柱，上头亦摆满了茶罐，她联想到了西藏的转经轮。

"你会怕喝茶睡不着吗？我有时候会失眠，所以我习惯喝无咖啡因的茶。然后，你对甲壳类会过敏吗？我想点一份龙虾色拉分着吃。像他们那样。"

陈匀娴顺着梁家绮手指的方向直直看去，那对情侣的桌上放着一盘应该就是龙虾色拉的菜肴，新鲜多水的草绿色衬着橘红色的虾肉，下层铺着切成块状的酪梨。

"看起来很好吃对吧，你不介意的话，我叫一份来分着吃。一个人吃太罪恶了。"

陈匀娴缓缓吐出一口气，她猜，若有合食的部分，梁家绮看似会负责这次的餐费。

点完餐后，梁家绮问："你今天是特地请假吗？"

"噢，不，我们公司的进出满自由的，只要你有做完分内事。"陈匀娴面不改色地扯谎。

"那就好，我怕我约的时间点，给你造成困扰，还想说要不要改……"

"不会的，我的工作很弹性，只要说一声，主管不会太刁难。"

陈匀娴忖度着是否要像梁家绮一样，把包包放在一旁的椅子上，但她的包包是请朋友在在线网站代购的，市价的一半不到，朋友说是正品，但她始终狐疑。

"有工作的女性，气质就是不同。你看，你今天还是穿着有跟的鞋子，至于我呢，"梁家绮把自己的腿从桌底下伸出，"现在都穿平底鞋了。有时候想打扮，也不知要打扮给谁看。想想从前在美国读书的时候，还会穿过膝长靴呢！"

陈匀娴看着梁家绮。这次她可以好好审视梁家绮的五官了。梁家绮并不算是世人眼中的漂亮，五官太淡，且不立体，最大的优点是她肤色白皙，人一白，便清秀了，这种组合，让人想到一些五官并不深刻，却总接得到戏演的女演员，演配角居多，但观众都记得她。

"你以前在美国读书呀？真好，我连美国都没有去过。"

"哦，你没去过美国？"

"老实说，我还没有出过国。"陈匀娴耸耸肩，喝了好大一口水。

"蜜月的时候 Steven 没有带你出去吗？"

"没有，我们决定结婚的时候，我婆婆病得很重。"

陈匀娴看了梁家绮一眼，怕交浅言深，让梁家绮误解她是那种动辄找人谈心的寂寞妇女。梁家绮的表情看起来还好，甚至有点鼓励她说下去的样子，陈匀娴顿了几秒，讲下去，一开口，她发现自己觉得好放松，她自己也挺想讲这件事。

"是血癌，原本以为可以撑过去的，可惜一年半就走了。我跟定国会那么仓促地结婚，也是想让她安心。定国大我八岁，我婆婆很挂念儿子到了三十岁还没有结婚。她离开以后，因为有孩子，要出国也不方便，每一年都说要出去，但到最后都找不到时间规划。"

服务生端上餐点，陈匀娴松了一口气，她不希望话题围绕在自己身上太久，也不希望气氛过于沉重。茶香扑鼻而来，餐具摆妥之后，服务生为她们慎重介绍，酱汁调进了绿茶跟柠檬，可以中和酪梨跟色拉酱的油腻。陈匀娴"哇"了一声，真是费工夫的安排，梁家绮没有表示，像是习惯了这种场景，她如此淡然，间接显得陈匀娴没见过世面。

陈匀娴喝了一口茶，热气上涌，给了她开口的勇气。

"家绮，谢谢你！"

"怎么突然这么说？"

"我是说，松仁小学的事情……"

"谢什么，这件事我也有好处啊，你不知道，听到这件事，Chris 多激动呀！"

"希望没有给你们造成麻烦。"

"小事一件，松仁小学的创办人是 Ted 爸爸的老友。"

闻言，陈匀娴既感到笃定，又矛盾地觉得沉重。换个角度想，梁家绮把这件事看得这么轻而易举，对她这方来说也是一种贴心的表现吧？至少她不必太感激。

她想了很久，决定只说一句，"定国真是幸运，遇到了这么大气的老板。"

"匀娴，再谢下去就见外了，我说过，这件事对 Chris 也有好处的。"

梁家绮没有让陈匀娴付到钱。

两人告别时，她从椅子底下摸出一个橘色小纸袋，里头放着一个塑料盒，陈匀娴看了一眼，色彩斑斓，小块小块的。

梁家绮笑着解释，"这是俄罗斯软糖。来的路上买的，想说待会儿要见面，就买了两袋。"

"这怎么好意思，我什么都没有准备……"

"哎，匀娴，我才刚说你见外呢。别再谢来谢去了。回去记得这糖只能自己吃，不要分给先生与小孩，太糟蹋。一颗一颗，配着无糖的红茶最好了，匀娴你家有茶叶吧？"

陈匀娴轻轻点头，"有，当然有。"熟能生巧，说谎也不例外。

两人在店外，又抱着手，站着寒暄了一下，才正式道别。一回到办公室，陈匀娴把那盒软糖完整无拆地送给了助理。她晚了一小时才进办公室。这盒软糖，算是封口。另一个原因是，她不喜欢一再地从梁家绮那边收到好处。一坐定，她上网搜寻那盒糖的名堂，小小一盒，竟要价四百九，她扶了扶眼镜，想把网友们的心得给深深地记在脑子里，下一次见面，才能够有所交代。

◆

入学的前几天，一笔款项进了杨定国的户头，蔡万德果真信守承诺。

入学前夕，陈匀娴接到母亲的来电。

"我听亮颖说，你跟定国把小孩送去读一年要好几十万的学校？"

长长的静默后，陈匀娴才承认："对，可是妈，松仁小学是台北市很多妈妈的明星志愿。里面有很多外籍老师，培宸在这里，可以认识到很多名人的小孩。"

"如果没办法做到这些，办什么学校？学费这么贵！"

"妈，你打来不是要跟我说这些吧？"

"我是想问你，有钱去念这么贵的学校，怎么不拿来生第二个，培宸都六岁了。"

"妈，不要再提生第二个的事情了。"陈匀娴有些动气了。

"我不知你们年轻人在想什么。读这间小学，是你的意思，还是定国的意思？你当初也是读公立小学，现在有混得很差吗？"

"定国觉得小孩的事情我比较懂，他信赖我的判断。妈，时代变了，现代人生得少，哪一个不是认真栽培。你们待在老家，没看过外面的世界。现在的小孩，竞争真的很激烈。不只要跟身边的小孩竞争，未来申请美国的学校时，还要跟世界各地的小孩竞争。"

"真的有必要花到这样？"

"当然有必要。我在大学时，已经输给很多同学了，大家至少会一项乐器，不然就是在美国有亲戚，暑假想去美国，说一声就能去。我呢？我有这种背景吗？现在我生一个，想好好栽培，有错吗？"

话一脱口，陈匀娴暗暗懊悔。

她没有这个意思，但话语呈现出来的样貌，像是在指责自己的双亲不够尽责。

她放低音量，安抚母亲："好了好了，妈，我们就先替培宸开心一下吧，松仁小学不是那种你想进去就可以进去的学校。要是没有人脉，就算有钱也不一定能读。培宸可以进去，是定国老板帮忙的。我跟你说，松仁小学的制服，是我见过最好看的，我再传照片给你。"

为了避免两个人继续弄拧彼此的意思，陈匀娴编了个借口，急忙把电话给挂了。

◆

松仁小学一年级总共有八班，杨培宸跟蔡昊谦被编入"和班"。

第一天上小学，意义非凡。陈匀娴很想亲自接送，可恨的是叶德仪在当天早上安排了一个会议，陈匀娴是主要参与者之一，不能缺席。挣扎良久，陈匀娴把这个神圣的时刻交棒给丈夫。

"定国，今天你带培宸去上学吧。骑车吧，我看那里不好停车，你停在学校对面的摩斯汉堡，再走过去，运动一下。还有，儿子不是从幼儿园升上去的，很多老师之前没看见过他。可以的话，你帮儿子跟老师打一声招呼，提醒老师多多关照。"

"这样不是很奇怪吗？好像在要求特殊待遇。"杨定国满脸不愿。

"你想太多了，很多小孩在幼儿园就读松仁了，老师一定会比较偏爱这些学生。而且他们这些幼儿园就见过面的小孩，一定会玩在一块。你要帮你儿子融入环境啊。"

陈匀娴嘴里咬着发夹，一边绑发，一边瞪着丈夫。她受够了男人们事不关己的态度，把任何关于孩子的问题交办给他们，他们总是可以找到最懒惰的解决方案。

"Ted 的小孩也在'和班'啊，儿子可以找 Chris 玩。"杨定国带点不愿地牵起儿子的手，准备出门，看妻子眉头深锁，他略显挣扎，"你不要太操心了，才第一天而已。"

杨定国回想起自己的童年，他记得母亲总是会参与自己的生活，但不记得有参与得这么广泛、这么深入。他不确定是现在的小孩特别娇贵，还是自己从孩子的角色成了父亲的角色，而以较为严格的态度审视着妻子的付出。

杨培宸背着全新的书包，一下看父亲，一下转头看母亲，他看得出来，父母在为了某件跟他有关的事情闹脾气，他睁大眼想厘清，可是他好想睡觉，他四点多就醒来了，他害怕自己迟到，只好躺在床上，瞪着天花板，等待时光流逝，天色从全黑转成带点蓝色的白。

他对母亲露出疲倦的微笑，小手在空气中挥了挥。陈匀娴目送着父子俩前后步入电梯，液晶屏幕上的数字快速递减，她发出一声低吟，觉得自己的心早已穿透身体，跟他们一同出门。

陈匀娴认命着装，想到自己为了一场会议而去不成儿子的开学日，她对于叶德仪的不满又深化了几分。话虽如此，在星巴克买咖啡时，她仍掏出手机，送了一则信息。

"我有买 Sophia 你喜欢吃的蓝莓贝果哦,开会的日子,不要亏待自己的身体。上午 8:15"

叶德仪回得很快:"匀娴,你在哪儿?快到公司了吗?准备上战场了。上午 8:16"

陈匀娴停了一秒钟,这女人,她脑内掌管感性的部分是彻底坏掉了吗?

手指在键盘上机械式地运作着:"快了,快到了。"

办公室坐满了八成,她没有迟到,也算是晚到。陈匀娴驼着背,如同在电影院一般,走过一排坐好的同事。叶德仪打开纸袋,露出一个嘉许的眼神。陈匀娴没自作多情,她懂这只是官方说法,在眼神的背后,叶德仪把下属的付出视为理所当然。

换作是从前,她明知这个道理,还是会无可避免地感到伤心。今则不然,她有了更新的、更好的寄托,想到儿子身上崭新制服的好闻气味,便可以协助她放下悲愤。她已经在人生的不同领域得到了梦寐以求的馈赠。被叶德仪这样辜负,也可以大方地视为某种命运的平衡。

会议结束,陈匀娴躲进厕所,拉下马桶盖一屁股坐上,迫不及待想看丈夫是否传了照片。

杨定国的确有遵守承诺,传了几张儿子上学途中的照片,有几张角度非常优秀,陈匀娴像是训练有素的星探,果断找出其中最好看的，点选"下载照片"，准备待会儿发在脸书上。

她并不是那种会为小孩子创立脸书账号，还以"童言童语"发文章的母亲。这种做法，她有时看了也不由得冒起鸡皮疙瘩。但她也必须招认，自己有点沉溺于把小孩的照片往社群网络上摆。为什么会这样？有部分是天底下多数妈妈的私心：我的孩子这么可爱，不能只有我看到。另个部分是社群的推波助澜。陈匀娴自己的日常照得到的回馈与赞美，远不及杨培宸的照片。

日积月累下，陈匀娴干脆从善如流，谁能抗拒这种得到关注的感觉？女人最不会嫉妒的对象，莫过于自己的儿子，儿子长得越好，越受人喜爱，她们比谁都荣幸。

陈匀娴热切地构思文章的内容，时间有限，得快点发出，她不能占用厕所太久。

一则信息跃上了屏幕，来自梁家绮。

"你今天怎么没来？上午 9:38"

"我刚刚在找你，只看到 Steven。上午 9:39"

"本来想问他你在哪，结果老师找我说话，没问到。上午 9:39"

陈匀娴胸口一缩，好险没问到。若让杨定国亲自面对梁家绮，一定会出差错。

"前天发烧，医生说感冒了……怕传染给小孩子。上午 9:40"

"我已经跟培宸隔离两天了，这几天都不让他靠近。上午

9:40"

流感永远是最完美的借口。

台湾地狭人稠，病毒跟细菌的传播多么便利，没有人会因为旁人得了流感而感到怀疑。这也是一个相当易于乔装的疾病，下次见面时戴上口罩，从喉咙里提一口痰上来，再以气音，微举起手说：别担心，已经快好了。所有的步骤即大功告成。只是她差点忘记，还有杨培宸的部分要考虑。她可不希望为了这个谎，让梁家绮警告儿子跟杨培宸保持距离。

刚开学的时期，可是两人培养关系的关键时刻。

"还好吗？最近的流感很严重。我身边不少人也中了。上午9:41"

"快好了，只是还需要休息几天。谢谢家绮关心。有空再约。上午9:41"

"一定！你好好保重。上午9:42"

陈匀娴按下冲水键，把手机轻轻地放入口袋。

回到办公室内，叶德仪还在听别的部门的简报，没有多看她一眼。

◆

陈匀娴站在操场一隅，转身看着校园的横幅。绿树成荫，叶子摩挲，鸟声啁啾。

即使杨培宸已在松仁小学就读满两个星期，她还是不敢置信，自己的儿子能够在这种环境接受教育。"由奢入俭难"，她渐渐想不起来，先前是如何说服自己把杨培宸送入公立小学。她差点就要把儿子的六年岁月，押在错误的选择上。

前几天，他们一家人碰巧经过那所小学，她停下脚步，估量着这所擦身而过的学校。

"围墙太矮了。"她压低声音，一脸嫌弃。

"你说什么？"杨定国问。

"我说这所学校的围墙好矮。"

"那又怎样？"

"你没看这几天的新闻吗？有陌生男子翻墙进入校园，拿着美工刀走来走去。你看一下，这里的墙这么矮，要翻进去不是太容易了吗？若儿子读这所学校，我一定担心得要命。"

"你何必庸人自扰呢？儿子现在不是在松仁吗？"

"也是。"

想到儿子最终在松仁接受教育，陈匀娴感到深切的满足。方才，踏入校园前，她刻意打量停在校门口那些准备接送孩童的车子，她在心底估量着这些车子的价格，得到一个惊人的数字。这个数字令她再次确信，自己为儿子铺了一条康庄大道。

这些车子的主人，一定不会草率经营子女们的养成和教育，而他们所悉心呵护的一切，将化为良好的言行举止，在互动时传递给同侪——其中也有她的儿子。

移往儿子的教室之前，陈匀娴留心关注其他教室。她想知道，是否所有教室的规格与硬设备均相当一致。挑明地说，她要确认：国际部的学生，是否使用更好的设备。

杨培宸跟蔡昊谦都是双语部的。

私立小学可以粗分为三个方向：普通部、双语部和国际部。以光谱来分，前者对于衔接台湾的中、高等教育是较无隐忧的，后者则以打算日后留学的学生占大宗。松仁小学八个班级，六个双语部，两个国际部。蔡昊谦跟杨培宸都就读前者。

杨培宸读双语部，理所当然。陈匀娴不解的是，为什么蔡万德没把儿子往国际部送？就杨培宸带给他的消息，蔡昊谦是在美国出生的，想当然也有美国护照。难道蔡万德并不渴望儿子复制自己的路线，小学一毕业就到美国当小留学生吗？还是说，他们夫妻俩也还在考虑？

双语部的价值在于进可攻、退可守，说不定是他们夫妻舍不得，想把儿子留在身边。

双语部，不论是接轨台湾教育，或是往留学的路线，尚有迂回或转折的余地。

陈匀娴拍了拍双颊，待会儿要见柔伊老师了，她该停止思考这些无关紧要的问题。

她会走入校园，纯粹是因为跟柔伊老师有约。

昨晚，在给儿子整理书包时，杨培宸说："你明天来接我时，可以来教室这儿吗？"

"为什么？"

"Teacher Zoe 要找你。"

"谁？"

"我的英文老师，她要我跟你说，她有事情要找你。"

陈匀娴皱了皱鼻子，听起来不是件好事。

"她有说是为什么吗？是不是你在学校的表现很差？"

"才不是。我表现得很好。"

"那到底是怎么了？"

"我不知道，Teacher Zoe 只有说，希望你可以去找她。"

陈匀娴于是半信半疑地走进校园。

松仁小学不仅比常规的公立小学晚四个小时放学，对于必须兼顾工作的父母，还设立了课后班，放学时间推迟到六点。陈匀娴八点半进办公室，五点五十离开办公室，六点十分到学校，没有踩到叶德仪的地雷：为了接小孩而早退。迟到十分钟似乎也还在老师的容忍范围内。陈匀娴再次感激，私立小学完美地将职业妇女们从狼狈奔波的宿命中拯救出来。

她轻声来到教室后门，课程似乎已经结束了，杨培宸收拾好书包，面朝下，趴在书桌上，其他孩子，三三两两，聊天或打闹。一名三十出头的女子，坐在讲台前，脸上挂着亲切的微笑，看着学生们的一举一动。女子一注意到陈匀娴，随即站起身来，宣布下课，请大家安静地往校门口移动。女子走到杨培宸的桌子前，弯下腰，拍了拍杨培宸的手臂，不知说了些什么。从陈匀娴的角度，只能看到儿子又趴回桌面。从头到尾，女子跟孩子们交谈时，都以英文进行。陈匀娴能跟上，只是她跟得很吃力。陈匀娴头皮发紧，她的英文听力、阅读尚可，口语则很差劲。她默祷着眼前这女子，千万别以英文跟她说话。她可不是那些学生！

女子靠近时，陈匀娴先发制人，以中文客气询问："请问是柔伊老师吗？"

柔伊老师点了点头，没有再往前，而是隔着距离看着陈匀娴，状似估量。

陈匀娴的祷告没有得到响应，柔伊老师先表明她的身份，接着，一点时间也不浪费地切入正题：她想要调整杨培宸的等级。陈匀娴拼了命地听，勉强搞懂了来龙去脉。简单来说，入学时，松仁小学给全体新生做了英文的能力检定，决定之后学生上英文课时是在普通班还是精进班。杨培宸当时的分数，在精进班的及格边缘，几次上课下来，柔伊老师判定情况不妙。

怕陈匀娴没搞清楚，柔伊老师以中文重复："我觉得 James

到普通班，比较能好好学习。毕竟，大家不是总觉得，"柔伊老师侧着头，似乎对于以下要讲的句子并不是太有把握，"给小孩子待在超过能力的班级，压力太大了些？"

柔伊老师双手环胸，悠闲地等待着陈匀娴回复。

陈匀娴挣扎了几秒，放弃以英文表达的念头，理智告诉她，让柔伊老师听到她破碎不全的发音，只会加深柔伊老师认为杨培宸该去普通班的想法。

"柔伊老师，很谢谢你告诉我这些……可是，我还是希望我儿子可以待在现在这个班级。也许他现在还有点跟不上，可是我知道他的个性，他会很努力跟上大家的。"

柔伊老师仿佛终于理解了什么。她耸肩，又摸了摸鼻头，仿佛想擦掉什么。

从她的动作，陈匀娴猜得出来柔伊老师心中的不以为然：又一个"高期待"的父母！

"而且，他的朋友也在精进班，临时转到普通班的话，我儿子会很难过……"

"朋友？是哪一位啊？"柔伊老师精神一振。

"蔡昊谦，Chris。他们两个认识，是朋友，Chris 也是被分到精进班，对吧？"

"哦，对，没错，Chris 也是我们这一班的。原来两个小朋友认识？"

柔伊老师点了点头，望着陈匀娴的目光有了细微的转变。

她看起来比之前更有意愿倾听，也没有一副急着结束这场对话的模样。陈匀娴有意识到，但她犹未确定，是什么改变了柔伊老师。

"我还是希望可以让培宸留在 advanced（精进班）。"陈匀娴再度申明立场，"培宸幼儿园不是读全美语的，跟其他小孩相较，不是很能开口讲，可是，身为他的母亲，我了解他。他知道单字的意思，只是还不太能讲。麻烦老师再给他一些耐心，我会督促他跟上大家的。"

"唔，好，那先这样子吧。"柔伊老师似乎被说服了，"先让培宸留在 advanced（精进班），除非他真的适应得很差，到时候我们再来做调整，你可以接受这样的安排吗？"

柔伊老师回到教室，把杨培宸带了出来。

陈匀娴谢了柔伊老师，待两人彻底离开校园，陈匀娴咕哝道："你怎么没先告诉我，柔伊老师是说英文的。我没有心理准备，差点吓死了。"

杨培宸觉得这项指责莫名其妙。他脱下帽子，把帽子抓在手上，拔高声音大喊："你只有问老师是不是外国人而已，我也回答你了。你自己没有问清楚，现在才怪我。"

陈匀娴一阵错乱，儿子说的也没错。她还来不及回话，杨培宸又送来一击。

"是妈妈你的英文太差了，Chris 的妈妈都是跟 Teacher Zoe 说英文的。"

一股酸液冲上陈匀娴的喉咙，她狠狠咽下，决心转移话题。

"对了，在这个班级，你还习惯吗？老师说你似乎有点落后？"她观察着儿子的表情，"老师说，为了你好，她建议你先转到普通班，好好学习，再看什么时候能回到这个班。"

"那你怎么说的。"杨培宸转向母亲，神情紧张。

"我说，希望你可以留下来。"她牵起儿子的手，"你会跟上的吧？妈妈可是为了你，跟柔伊老师拍胸脯保证了，你可不能让妈妈漏气啊。"

"你真的这样跟 Teacher Zoe 说的？"

"对啊、然后，你跟 Chris 说话的时候，有没有用英文？"

杨培宸轻轻摇头，"他都跟我用中文。"

"这样不行，从今天起，你跟 Chris 说话都得用英文，知道吗？这样子你才会进步。"

"这样很奇怪欸！"杨培宸眉心紧锁，"我不想。"

陈匀娴想了几秒，决定退让。艾薇说过，语言要进步，"自然"是很重要的关键，尤其是对于敏感的小孩，一味地施加压力，只会让孩子以躲避的方式来面对语言的学习。她要向艾薇看齐。

她没有再吭声，紧牵着儿子的手，以急促的步伐行走在回家的道路上。

二十分钟后，母子进入家门。陈匀娴绝望地发觉，这一次，所谓的"艾薇魔法"失灵了，过往，教养上，若遇到什么心头觉得滞黏的问题，她倾向寻找部落客们的建议，尤其是艾薇的。当她放下公文包，坐在餐厅的椅子上，柔伊老师的言语依然在脑内一再重现。

"你真的不需要我帮你买一些英文书吗？"

"我不想要书，学校里很多书了。"

"那，你觉得，妈妈需要帮你准备什么，你的英文才会有进步呢？"

杨培宸语调平淡地说："你帮我买一台 iPad（平板电脑），我用计算机学英文。"

陈匀娴眉头一皱，"你确定买了 iPad，你可以学好英文？少来了！"

"我是认真的！"

"那你去跟爸爸说，看爸爸怎么想。"

陈匀娴是故意这么说的。母子俩都知道，杨定国对于教养没有什么积极的主张，唯有一点，他不希望小孩太早接触 3C 设备，他认为这会导致孩子游戏成瘾。

杨培宸小脸涨红，恼怒地跺脚，"可是 Chris 跟班上的同学，很多都有 iPad，他们有下载一个游戏，我也想玩，都只能拜托 Chris 借我。"

"啊哈——你看，被我抓到了吧，你果然是为了玩游戏。"

"才不是这样！那只是顺便。"杨培宸狡辩道。

"爸爸是不可能答应的，你可以请 Chris 借你。"

"我才不要一直跟 Chris 借，他自己也要玩，我一直借，他会觉得我很烦。我要自己的 iPad，妈妈，拜托啦，买给我。Chris 说一台 iPad 那么便宜，你一定会答应的。"

"不是钱的问题，是其他的问题。"

"什么问题？"

"你有了 iPad 以后，视力下降了怎么办？爸爸很在意你的健康的。"

"我保证，我玩半小时，会休息十分钟。"杨培宸模仿电视上学来的动作，右手举高，左手抚胸。

陈匀娴瞪着儿子，可能她今日心情很差劲，她觉得此时此刻的杨培宸看起来很是无理取闹。

假使杨培宸在路上没有提出要她补英文的建议，她或许还愿意假装认真思考要不要给儿子买一台 iPad。陈匀娴撑着身子，缓缓站起，今日处理儿子的额度已经耗尽了，该剩下一些难题给杨定国去对付。她蹒跚地往厨房走去，再也不想跟儿子吵闹下去。

◆

晚上，陈匀娴坐在梳妆镜前擦乳液，杨定国从后面环抱住她，鼻子从妻子的背游走到肩膀上。他露出一抹讨好意味的微笑，手伸进去妻子的睡衣里。

"小刺猬，今天又是什么事情惹到你啦？"

陈匀娴把丈夫的手给抓出来，没好气地努了努下巴，杨定国转头一看，陈匀娴指的是她的手机。

他回头望着妻子，陈匀娴没好气地说："你可以拿起来看。"

杨定国撇撇嘴，知道今晚没戏唱了，他意兴索然地输入密码。

"这是哪来的群组啊，怎么都英文？"

"杨先生，这是你儿子的英文班级群组。你可以多花点时间关心一下你儿子吗？你儿子被分到精进班，老师叫 Zoe，我今天才见过她。一个难相处的女人。"

"喔？为什么这样说？她怎么了吗？"

"没什么，就只是觉得这个老师的态度很骄傲而已。"

两三个小时前，餐桌上，杨定国不假思索地否定了购买平板的可能性，杨培宸赌气地放下喝到一半的汤，哭着走进自己的房间，把门关上。陈匀娴立刻想跟着进去，杨定国止住了她，说："不要管他，只是得不到平板就这样生气，再纵容下去，他根本要被宠坏了！"

陈匀娴扁了扁嘴，在丈夫跟孩子之间，这一次她选择丈夫，谁叫她尚未消气。

等了一阵子，杨培宸的房间依然没有动静，陈匀娴转开门锁，儿子哭到睡趴在床上。应该把儿子摇起来，提醒他还没洗澡吗？不，她好累，不想要再收拾烂摊子了。陈匀娴踏出儿子房间，打开笔记本电脑，准备以时下最火红的韩剧来转换心情。这份品味不是没有被叶德仪消遣过，叶德仪说，韩剧的对白，怎么看都与现实严重脱节，她无法理解这么多女性为着虚幻的情节如此疯狂。

陈匀娴一边用发夹把头发挽起，一边自言自语："还不是因为现实中有你这种紧迫盯人的上司，我们才要躲进虚幻的世界里，难道连放松时都要想到你吗……"

登的一声，手机的屏幕亮起，是 Line[①] 的通知。

陈匀娴本想略过，这种时间点，是叶德仪的概率很大。几经思量，她恨恨地按下暂停，拿起手机，不是叶德仪，而是有人把她加入了一个群组。

Big Family of 108 (advanced)。

邀请人是柔伊老师。

"只是一个群组，有必要脸这么臭吗？"

"不然我也邀请你进来？"

"不要吧。"杨定国界线设得很快。

"那为什么只有我要管这些事？难道孩子我一个人生得出来吗？"

"可是你看，群组内都是妈妈啊，我加进去也很奇怪吧。"

---

① 一款即时通信软件。

114

杨定国的拇指在屏幕上滑动，同时试着转移话题，以免自己遭受池鱼之殃。

　　"这个跟你说 hi 的人是梁家绮吧？果然待过美国，英文感觉很好。"

　　"你不会看一下大头贴是谁？是 Chris，这够明显吧。"陈匀娴没好气地说。

　　分心的情况下，她不小心倒了过多的精华液在掌心上，她注视着那坨要价高昂的液体，叹了口气，往脸上抹，再带到脖子上，以比平常更强的力道按压。杨定国飞快地浏览，这个群组的信息量更新的速度异常快，他想到公司内，员工专属的群组刚创建时，也是这副荣景。一两个月后，新鲜期过去，对话的频率才降到有一搭没一搭的频率。

　　"老师打的这一串什么？我懒得看，你帮我翻译一下。"杨定国交还手机。

　　"她说，以后精进班的进度与需要父母协助的部分，除了告知学生之外，她也会发布在群组上，请各位父母尽心注意。如果有任何问题，也很欢迎你提出。"

　　"感觉是个好老师，外国人吗？"

　　"我也不知道算什么人，明明会讲中文，却坚持跟我说英文，外星人吧！"

　　"你干吗那么气？"

陈匀娴对于杨定国一副淡然而安的姿态有些恼羞，"因为今天被儿子嫌弃英文不够好的人，不是你啊，杨先生。你当然可以在那边说我爱发脾气。再说了，你刚刚也看到了吧，这些女人们有多恐怖，老师才发信息，不到半小时，十几个已读！还可以用英文回老师！我压力多大啊，我不像她们是全职妈妈，又出国留学过。我是有工作的。"

一段静默，杨定国才涩涩地开口："松仁也是你想让孩子念的，不是吗？"

"你觉得这一切都是我自找的啰？"陈匀娴拉下脸。

"我不是这个意思，你先不要挖坑给我跳嘛！"杨定国抹了抹脸，面露无奈，"我是说，当初你不是就很清楚，会把小孩送来读松仁的家长，多半是这种背景吗？我知道，跟她们相处会有压力，你不要太有得失心。你也知道，你有工作啊，有空的时候再来看一下，不就好了？"

"你不懂这种压力啦。从儿子一出生，你就不懂。"

陈匀娴望着丈夫，放弃进一步解释的念头。

杨定国怎么可能懂？做妈妈跟做爸爸，是不一样的。

杨培宸出生时，接受检查、测量身高与体重，明明杨定国也在场，医生说话时，眼珠却总是放在她身上，"身高跟体重有两个月没有改变啰，回去调整一下饮食吧。"这种话老是让陈匀娴沮丧良久，怀疑自己是否要调整母乳跟奶粉的比例，反观杨定国，

116

未受影响，还能一派无忧无虑地说："不要给自己太大的压力，小孩子会有自己的成长步调的。"

陈匀娴有时觉得真是不公平，为什么她必须要特别在意？为什么医生说话时，眼珠要盯着她而不是杨定国？难道他也觉得孩子的生长状况主要是母亲的责任吗？

杨定国不可能懂妈妈们之间秘密的竞争心态。

对职业妇女来说，工作，绝对不是一个让你拿来当借口，解释自己无法全心全意照顾孩子的原因。有些妈妈，拿梁家绮为例好了，送完孩子上学，还能慢条斯理地煮一壶红茶，配着报纸、杂志，慢慢吃完早餐。她不是，她是另一种：走入捷运，想到待会要进入公司而心跳加速，会为了有人占着手扶梯左方而不耐烦。即使如此，世人对于她作为母亲的标准，也不会减轻太多。

杨定国看出了妻子的怨怼，他不再说话，把两人的手机各自放上了充电座。他摊开杂志，靠着床头静静阅读。陈匀娴倒在床上，心情灰暗。好烦躁的一天，觉得无力的当下，一个可怕的想法又攫住了她：说不定她在柔伊老师面前的笨拙表现，将成为柔伊老师跟其他家长间的谈资，在她不在场的时刻，被提出来好好取笑一番。

想着想着，眼皮渐沉，她抱紧棉被，以一种戒备的姿态进入了梦乡。

◆

　　几天后，陈匀娴又被加入到另外两个群组。一个是班级群组，由班导师艾老师所开立。中文为主，偶有英文夹杂，她大大地卸下一口气。另一个群组是家长限定，陈匀娴一被加入后者，还有些不正经地截了图，传给杨定国："家长群组（×）抱怨老师专用群组（〇）"。

　　她学着梁家绮，默默潜水，偶尔回复，主要是看着旁人互动。几天下来，陈匀娴确定了，这个群组，很可能是杨培宸进入松仁小学后，她最需要严肃以视的社交圈。

　　"和班"总共有二十八个学生，三位是混血儿。群组内只有二十五位家长。一晚，陈匀娴拿着刚出炉的班级通信簿，花了点时间交叉对照，有两位台湾人，跟一位混血儿的父母没有受邀加入这个群组。她对着屏幕，细细自语：到底是为什么呢……

　　最常发言的人，不意外地，即为群组的创办人汪宜芬，她的儿子从松仁附幼直升，还有一个女儿，目前在松仁小学就读高年级，从对话判断，汪宜芬急着说服所有人：自己极度了解松仁小学的活动与传统。有这样一位无微不至、瞻前顾后的角色，一些妈妈看似乐得轻松，才没几天，汪宜芬已有领导的架势。有些妈妈提问时，还会直接点出，希望这题汪宜芬能拨冗回答。

　　汪宜芬的丈夫是知名的影视从业人员，有时候能在屏幕上看到她丈夫接受采访。

高中时，陈匀娴对汪宜芬这种人物特别反感。

她有一个愤世嫉俗，但往往正确的想法：看起来越是古道热肠的人，越是资质驽钝。

若想要交朋友，与其把一堆冗务往自己身上揽，她更宁愿双手一摊，袖手旁观，透过成就与声望让别人主动与自己亲近。但十几年后，身为职业妇女的陈匀娴，反而很感激到了这个年纪，还有人愿意担当这种角色。有了汪宜芬，很多事变得轻易，她不用开口发问，光是归纳汪宜芬跟其他妈妈的一来一往，便能整理出很多信息，其中不乏一些敏感的话题。

举例来说，有位妈妈在群组抛出问题。

"我老公对于当家委很有兴趣，宜芬，你老公是不是当过家委，有方法吗？"

汪宜芬几乎同步响应："这问题你私底下问，这里尽量讨论一些大家都有兴趣的问题。"

陈匀娴困惑了，这个问题，想知道答案的人并不少。她就很想厘清，担任家长委员有什么好处。艾薇曾写过一篇文章，述说在松仁小学担任家长委员的心情，陈匀娴看过一回，觉得挺有意思，想再回去找时，发现艾薇把那篇文章删掉了，她也不好意思去信询问。

如今，汪宜芬表态这件事要在台面下进行，引发陈匀娴更大的兴趣。难不成，担任家长委员有什么外人不知的利益吗？否则，得捐钱的差事，怎么一群人抢着做？

陈匀娴试探性地传信息给梁家绮："汪宜芬感觉懂好多事情啊！上午 11:35"

梁家绮到了下午才回复。

"是啊！她两个小孩都在松仁。下午 2:24"

"不好意思，刚刚去上瑜伽，现在才回。下午 2:25"

"那家绮，你或蔡董，对于家长委员有兴趣吗？下午 2:37"

"艾老师有来征询 Ted 的意见，我想，Ted 应该会有兴趣吧。下午 2:55"

"他对孩子的教育也蛮在意的。下午 2:56"

话题就此打住了，陈匀娴抚了抚胸口，想压下从心口翻腾而上的不快。她不知该怎么爬梳这份情绪，毋庸置疑，班上同学的家长一字排开，蔡万德极可能是政商关系最好，或次好的。于理，她明白，艾老师这么做，无可厚非，只是情绪上有些复杂，她原以为这是一场公平的竞争。

◆

每个星期，家长群组内总是会闹出一两件小风波。

有位妈妈，把一篇文章贴到了这群组上，陈匀娴忙着招架叶德仪，仅匆匆瞄了一眼，标题是：同性婚姻，你不可不知的十件事。

关于"同志婚姻"的社会讨论，这几年的变化快得让他们夫妻俩有些摸不着头绪，也不很关心这种社会问题。

她没有点开链接，继续用力敲打着键盘，想赶在叶德仪的时效内，交出演讲需要的稿子。

直到梁家绮发了信息给她：

"群组内好尴尬啊……下午 3:34"

陈匀娴不动声色地停下动作，把手机捞进口袋，悄悄起身，走入盥洗室。

那个链接，原先未引起太多关注，底下还有妈妈贴上香港迪士尼的特殊庆祝活动，半个小时内，群组的焦点围绕在"哪一间迪士尼最好玩"，几位妈妈踊跃地交换意见，有一位妈妈自诩"迪士尼迷"，她去过全世界每一间迪士尼，光是东京，她去年带着小孩去了三次。

一位妈妈突然发表意见。

"抱歉，可以跟各位商量一下，群组内不要讨论一些敏感话题吗？下午 3:11"

陈匀娴用指尖梳了梳头发，试图忆起这位詹雅琴是谁。

是 Sean 的妈妈，而 Sean 跟汪宜芬的儿子从就读松仁附幼起，即为如胶似漆的好友。

所以，詹雅琴跟汪宜芬的好交情，也是不难想象的。

"我也这样觉得，社会问题跟这个群组有什么关系？下午 3:12"

汪宜芬的效率惊人，让人怀疑她根本没有离开过这个对话框。

"下一次请不要再这么做了，这个地方是妈妈们单纯交流信息的小天地，不要让社会问题给入侵了。下午 3:13"语末，汪宜芬还附上了一个笑脸，看起来格外嘲讽。

"不好意思，我按错发送的群组了，抱歉打扰！下午 3:23"贴出文章的妈妈如此回复。

陈匀娴看着双方的来往，滑回跟梁家绮的对话。

"压力好大啊，我看我以后还是不要随便发言好了。下午 3:40"

"是啊。我们就当旁观者，旁观者清！下午 3:42"

才刚说好"一起"当旁观者，杀鸡儆猴的插曲便发生了。

有孩子感冒了，暂定有三个小孩受到影响。小孩子们指证历历，最先开始打喷嚏的是 Brian，他在某一天上学，打了好多喷嚏，又不戴口罩。去接小孩时，陈匀娴跟一位妈妈聊到这件事，对方耸耸肩，做出了评价："我不是很意外，Brian 的妈妈在一间婚礼顾问公司上班，忙得团团转，我女儿说 Brian 一天到晚漏带东西，真可怜，错不在孩子身上。"

陈匀娴微笑，官腔地回了一句，"现在感冒的病毒好像越来越强了。"

她不想要太快就批评任何一方。

因为她也是职业妇女。

晚上，一家人吃了陈匀娴从市场外带的面食跟卤菜，杨培宸在写作业，杨定国滑着手机，陈匀娴不想去猜他是在玩手游还是在看跟工作有关的事情，她只想把韩剧的集数追完，她躺在沙发上，懒得移动到计算机前，于是抓起手机看了一眼，噢，不，又是汪宜芬。

她很想视而不见，手指却按了点开。

"Jonathan 从学校回来以后，开始发烧，刚刚去看医生，医生说是流感。我想，我儿子应该是第四个受害者。看到 Jonathan 连水都喝不下，做母亲的我说有多心痛，就有多心痛，现在还得把他独自隔离在房间里，以免他传染给大女儿。下午 8:23"

"天啊，Jonathan 还好吗？下午 8:25"一位妈妈问。

"Jonathan 保重！Sean 今天回来，也说头有点晕晕的。下午

8:30"詹雅琴说。

"哎，我已经在群组中张贴过好几次，这次的流感很强，请各位妈妈多多注意。但很遗憾，有些妈妈可能一时疏忽，没有把我的苦口婆心给听进去，还让已经出现感冒症状的小孩来学校。除了我的儿子之外，还有至少三位家长的宝贝被传染了。我希望这种事情不要再发生第二次，最后一次，拜托各位妈妈，小孩一旦感冒、发烧，请务必让他待在家休养，不要再送来学校了。工作虽然重要，但也不要影响到其他人的权利。下午 8:46"

陈匀娴有些不是滋味，汪宜芬有必要特别加上"工作虽然重要"这一句吗？即使是全职妈妈，也可能会做出这种事啊，为什么要一竿子打翻一船人？

这则信息，已有十三位已读。

不知其中是否包括 Brian 的妈妈，若有，陈匀娴隐隐同情她。她想：我懂你的感受，换作是我，也会把孩子送去学校的，不然我还能怎么做？请假在家，并且被叶德仪再次贴上标签吗？不，这代价我付不起，我只能把口罩黏在孩子的脸上，再把他往学校送。

杨定国呵呵傻笑，陈匀娴现在可以确定：他在玩手游。

她把沙发上的枕头往丈夫扔去，"你吵到儿子写作业了。"

两天后，陈匀娴想找艾老师询问课后班的其他选项。她请杨培宸等她一下。

艾老师跟两名女人在走廊上说话，其中一名女子身材高大，讲话时伴随手腕大幅度地摆动，神情略显激动，一名则娇小沉静，肤色白皙，脸上带着明显的雀斑。陈匀娴站了一会儿，得知那名高大的女子即为汪宜芬，她比陈匀娴想象来得年轻、强壮，另一位，她不知是谁。

"我之前就觉得 Brian 妈妈的心根本没在 Brian 身上。"

陈匀娴扁了扁嘴，天啊，还在讨论这件事。

艾老师先认出了她，"嗨，James 妈妈，有什么事吗？"

"我想要问一下课后班的事情。"

汪宜芬与那名女子转过身来，跟陈匀娴打了个招呼，态度不冷不热。

"你可以等我一下下吗？我在跟 Jonathan 还有 Sean 的妈妈讨论别的事情。"

"没关系，我可以等。"

那位脸上带着雀斑的女子就是詹雅琴。

陈匀娴怪自己的粗心，会跟汪宜芬一起出现的女人，不是很好猜吗？

三名女子接续了被打断的谈话内容。

"确实，之前我也有发现，她好像没有在帮 Brian 做复习，上课的范围我都更新在群组了，隔天上课时，Brian 被我点到，还是不会,这状况不止一次了……"艾老师语气有些无可奈何:"我们做老师的,也不能说太多,以免被说捞过界。对了,Jonathan妈妈,跟你分享一件事,可是你不要告诉Jonathan,我怕他害羞。Brian回答不出来的时候,Jonathan其实会帮他。"

汪宜芬微笑,整颗心都要融化的样子:"对,我家Jonathan就是这样,巨蟹座的小孩,贴心嘛,他舍不得看人家尴尬。可是你看也是因为他跟Brian那么近,这次才会被传染。艾老师,你再去跟Brian妈妈沟通一下吧,工作要做,孩子也要顾啊。"

"我知道,我会再找时间跟Brian妈妈提醒一下这件事,真的非常对不起,我也有责任,我应该要早一点发现Brian的状况不对……"

"老师,你不要这样说,一个班级,那么多个学生,又要上课,又要管秩序,"詹雅琴开口了,她再次强调,"这件事很简单,是Brian妈妈没有尽到妈妈的责任。"

陈匀娴想离开了,她举起手,尴尬地笑了笑:"老师,没事了,我刚刚想到,我的问题可以在学校网站上找到,我回家自己看好了。"

"噢,好,那有问题,再保持联络。"艾老师朝她大喊。

陈匀娴牵着杨培宸走离现场,直到她再也听不到汪宜芬的声音,她问儿子。

"你认识Brian吗?"

杨培宸点点头，"他坐在我前面的前面啊。"

"哦，那好险你没有被传染到感冒，因为 Brian 感冒了。"

"对啊，他流鼻涕好几天了。"

"那我现在要跟你讲一件很重要的事情喔。"

陈匀娴停下脚步，直勾勾地看着儿子那双美丽的大眼。

"你如果哪一天起床，觉得身体不舒服，你一定要跟我说，妈妈会帮你请假的。记住喔，千万不可以勉强自己，你到了学校才开始流鼻涕的话，我就完蛋了。"

"为什么？"杨培宸不解地歪着头，想要猜出母亲的意思。

"大人的世界你不懂啦。"

◆

十月，第一次段考①结束了。陈匀娴好意外，杨培宸拿到第五名。她以为儿子得花更多的心力，才有办法适应松仁小学的双语模式，除此之外，她也不觉得杨培宸在与柔伊老师互动上是有优势的。她兴高采烈地把这个消息告知杨定国，后者却泼了她一头冷水。

"没想到他在松仁表现这么好，英文也很高分，看来，要认真存钱，把他送出国了。"

"只是小学的第一次段考，你不要这么夸张，一下子想到

———————————
① 学校的阶段性考试，类似月考。

这么远。"

陈匀娴知道丈夫说的话有道理，只是她难掩激动："哎，儿子考这么好，表示我们两个人的基因不差好吗？你想一下，他们班多数都是松仁附幼直升的，起跑点根本不一样。在这种情况下，我们的儿子还可以拿到第五名，你先不要扫我的兴。"

陈匀娴走过去，从背后抱住丈夫。

"你不觉得我们难得这么幸运吗？突然就有了从天而降的好机会。我一直很怕，儿子会适应不良。没想到，我们儿子自己证明了，他是有办法跟那些小孩一起竞争的。"

杨定国嘴巴动了动，似乎想说些什么，末了，他什么也没说，跟妻子享受这静谧的一刻。

陈匀娴看得出来，杨定国把情绪收回去了。从杨一展坦承他失去了信义区的公寓，杨定国也跟着改变了，他如今说话，再也没有两人初识时的笃定与坚决。陈匀娴也明白，那是因为杨定国自知辜负了对妻子的承诺，在这个家，他再也不敢大声说话了。

餐桌上，杨培宸带来另一则让陈匀娴振奋的消息。

"今天 Chris 很不开心，他说他昨天回家被妈妈骂了。"

"为什么？"

"因为他考得很烂。他说，他妈妈气到不想讲话。"

"哦，考多烂啊，你知道吗？"

"Chris 本来不说，可是到后来，他问我考第几名，我说，

128

你先说，我才要跟你说，他就跟我说了。他考第十七名。我跟他说，我第五名。Chris就没说话了。"

"那你有安慰Chris吗？"杨定国说。

"我不知道要怎么安慰他。"

"你好厉害呀，居然赢Chris这么多，我们来庆祝一下好了。你有想要的东西吗？"

"咦？"杨培宸喜悦地扬起脸，"我可以有礼物吗？"

"对啊，你这次表现得那么好，当然要奖励你。不然，这两个礼拜，让你看电视到十点？"

"真的吗？"杨培宸的视线往父亲那方飘去，语调强忍着激昂。

为了发育与健康的考虑，杨定国不喜欢孩子太晚睡。

陈匀娴拉起儿子的手，兴奋的泡泡从她的身体内部飞升而起，"当然可以！"

临睡之前，陈匀娴问杨定国："你不觉得奇怪吗？ Chris考那么差。"

杨定国正准备换上家居服，衬衫的扣子扣到一半，他停下手边的动作，等待妻子把话给说完。"我其实有点不懂耶，为什么会这样，梁家绮感觉很认真在教Chris啊。有好几次，我搞不懂老师说的复习范围，打电话给她，她讲得很详细，还会教我怎么跟小孩解释比较清楚。结果她的小孩自己考这样。"陈匀娴没有发现自己的语气带点尖锐。

"可能 Chris 这一次考运不好吧。"

"考运不好，顶多退个几名，跑到十七名应该跟资质有关吧！"

"这我就不知道了。"

杨定国察觉得到陈匀娴在幸灾乐祸，他不想跟妻子同一阵线。

一来是因为 Chris 终究是 Ted 的儿子，见到老板的儿子过得不好，他也连带地起了不忍之心；二来是，他并不以为 Chris 跟自己的儿子是竞争关系，以他跟老板的关系，他反而怕杨培宸的表现伤到了 Chris。

"你之前有听你老板讲过 Chris 的事情吗？ Chris 在幼儿园的时候表现好吗？"

"你怎么这么在乎人家小孩过得怎么样啊？"

"怎么可能不紧张，我们家小孩的学费是人家小孩的爸爸出的啊！"

对比起妻子的扬扬得意，杨定国的眼神闪过一丝僵滞，像是对妻子的情绪感到不安。他咳了一声，打住话题，"睡吧，我明天早上要开会。"

陈匀娴没有睡意，她拿起手机，惊喜地发现艾薇上传了一篇新文章：

　　艾薇从怀孕时，一个月至少参与一场讲座，每个月也订购了跟教养有关的杂志。大女儿要上幼儿园时，艾薇的老公跟婆婆都觉得找离家近、让小孩可以健康快乐的幼儿园就好，没必要送去读全美语。艾薇当时也差点被说服了。可是在深夜里，看着自己在女儿一出生时就订好的英文学习教材，努力了这么多年，就这样放弃，实在是好不甘心啊……对不起小孩，也对不起自己当妈的责任。艾薇之后想办法搜集了一堆专家学者的文章，讨论孩子语言的黄金成长次段不能错过，终于说服了老公，也让婆婆心服口服。母亲是最了解孩子需求跟发展的人，永远不要觉得，男人有办法付出跟你一样的心力，在小孩的事情上，妈妈自己的立场不坚定，就会很容易在教养的事情上让步。这是大忌。退让了一步，别人就会要你退让第二步。艾薇自己也有差点动摇的时候，写出来，不只是作为警惕，也希望大家可以共勉之。

陈匀娴犹豫一阵，克服了心理障碍，在底下留言：

"艾薇说得真是太好了。男人实在太不懂教养了。今天才因为小孩的事情跟丈夫有点不愉快，孩子在学校考出好成绩，我想要认真表扬，给孩子建立信心的机会，先生却觉得只是小考试，不必这么高调。有时候觉得好累啊，一件小事也能搞到这么不愉快。哎，有了小孩，才是婚姻真正生活的

131

考验……希望自己能像艾薇一样这么有智慧，谢谢艾薇的分享！学到很多！"

◆

杨培宸的争气，带来了意外的好处，陈匀娴结识了梁家绮以外的朋友，张沛恩。

张沛恩也是"和班"的家长，女儿叫Shelly，她先是跟陈匀娴请教杨培宸学习的方式，第一次段考时，杨培宸的成绩是全班最高分，Shelly竟是倒数第三名。

有人向自己请教教养的方式，多少让陈匀娴感到荣幸，她很热心地回答张沛恩的问题，两人不知不觉走得很近，如今，陈匀娴私底下只会传信息给两位家长，梁家绮跟张沛恩。

张沛恩七岁时跟着父母移民到美国，一路在美国接受教育，直到她完成高等教育，并顺利找到全职工作。三十一岁时，张沛恩遇到从台湾去美国攻读博士的丈夫，两人在美国结婚、生子，三年前，由于丈夫在台湾找到了薪水还过得去的工作，为了丈夫的自我实现，张沛恩随着丈夫搬回台湾。这整个过程，时常被张沛恩拿来自嘲："我爸说，早知道就不要浪费一大笔钱，把我带到美国去，好不容易在美国落地生根，我又跑回台湾。"

从这番对话，不难推敲出张沛恩本人的个性，活泼逗趣，没有架子。她不明确地属于任何一个圈子，认真说，她跟班上三位外国人妈妈还比较有话聊。

除了朋友的角色，张沛恩还有另一项很重要的功能：语言交换。张沛恩的父母为了让女儿早日融入美国环境，规定在家里也要尽量使用英文，长期下来，张沛恩的中文也钝了，她回台湾已有三年，但 Shelly 先前上全美语幼儿园，她没有学中文的压力，直到今年，张沛恩的丈夫看好中文在未来的影响力，坚持将 Shelly 送进双语部，张沛恩才惊觉大事不妙。

她跟女儿的中文都得"恶补"一下。

张沛恩有时不能掌握群组内一些闲谈的意思，她会传信息问陈匀娴，确认自己的理解是否正确。

在陈匀娴吐实自己的英文也"年久失修"后，张沛恩提议，说她们可以互惠，以对方不熟的语言进行交谈。陈匀娴觉得这是个很好的点子，她举双手赞成。

陈匀娴很享受这段初萌的友情，张沛恩跟班上的多数妈妈们，有种不知从何解释的格格不入，她在美国生活多年的背景，让她无法轻易融入妈妈们的话题，可是，大家也不讨厌她，大家还是暗暗介意着张沛恩那货真价实的"美国人"身份。

在张沛恩面前，陈匀娴意识到，自己可以畅所欲言。她可以抱怨汪宜芬的跋扈，可以埋怨有些妈妈们说话时没来由的优越感。张沛恩常听得哈哈大笑。偶尔，看着张沛恩，陈匀娴会想起张郁柔，若眼前倾诉的对象是张郁柔，得到的感动跟愉悦，应该会更多吧。

◆

工作时间，梁家绮传了信息过来。

"匀娴，今天工作忙吗？好久没约出来聊聊了。下午 3:23"

这个邀请实在是有些诱人，陈匀娴望了一下桌上的月历，杨培宸入学两个半月了。

Chris 没有参加课后班，梁家绮给他安排了家教，换句话说，陈匀娴去接杨培宸放学时，两人碰不到面。这两个半月，她们约出来见面，总共三次，两次是单纯吃饭，上一次，她们带着小孩，四个人看了一场电影。那天电影院有宣传活动，整个空间被挤得水泄不通，她跟梁家绮忙着看紧小孩，没有多余的心力聊一些彼此的事。陈匀娴才想着，她们该找一天，只有两个人，好好地坐下来，谈些近日在意的事。还在酝酿这个想法，梁家绮已先行一步。

陈匀娴往叶德仪的位子上看了一眼，不看还好，一转头便与叶德仪的视线对上。她飞快地缩回，真要命，叶德仪什么时候才要放弃这种闲来无事就监看员工的坏习惯。

现在溜出去，绝对不是个好点子，叶德仪的表情写在脸上：她今天心情不好。

即使是腹痛这理由，叶德仪可能也要忍不住碎嘴几句。陈匀娴痛苦地思考，她得赶快回复梁家绮，不能让梁家绮一直等着，她怕梁家绮等不住，先邀了别人。

紧要关头，脑袋格外昏沉，陈匀娴决定别再多想，以免机会流逝。

几乎是她一站起，叶德仪的眼神就跟上，似乎在询问怎么了？陈匀娴可以听到血管簌簌地在自己的脖子奔流，她咳了咳，用一种含蓄，又能制造亲密感的气音说道。

"Sophia，我待会儿可以先走吗？"

叶德仪面无表情地注视着陈匀娴，心中已有了成见："小朋友又怎么了吗？"

"不，不是，是我自己的事情。"

"哦，怎么了，你还好吗？"

"没什么，只是头有点闷，我儿子最近被同学传染到流感，我怕我也是。"

"那你快点回家休息吧。"叶德仪面露古怪，但未做进一步的主张。

这次见面，地点还是梁家绮的爱店，那间以茶品为主的餐厅。梁家绮气色红润，心情很愉悦。她中午做了冥想瑜伽。她邀请陈匀娴，下回可以一同上课，这课程是苏若兰推荐的。苏若兰之前压力大得夜夜失眠，跟着这位老师上冥想瑜伽后，她的睡眠质量改善了不少。

"她看起来过得很好，没想到有失眠的问题？"

陈匀娴轻手轻脚地加了一些糖，小口小口饮着，同时想：梁家绮若跟她讨论到小孩子的成绩，她该怎么应对？不能太谦虚，那看起来很刻意，也不能太过无足轻重，她也不想被误解为一位不在意孩子成绩的妈妈。她的心情时明时黯，呼吸缓不下来。

"那都是装出来的。"梁家绮掩嘴而笑，"我要找个机会告诉小兰，你觉得她的生活很好，她知道的话，应该会很开心，表示她装得够像。"

"所以，并不是这样子的吗？"

"小兰她过去这一年来，嗯，蛮惨的。你看不出来吧？你上一次看到她，是……"

"是 Chris 的生日派对。"

"哦，对，那时候，距离他们家被报道出有资金周转的问题，有半年了。老实说，不是太大的缺口，新闻也有点夸大，没办法，新闻嘛。虽然说，她老公真的把大安区的一户跃层给卖掉了，但那并不代表什么。记者的小题大做让小兰很心烦。不过，她现在有老师帮忙。"

陈匀娴表面上在听，事实上，她的思绪游走到好多地方。

梁家绮真是个特别的女人。在 Chris 的生日派对上，她亲眼目睹梁家绮是如何不费吹灰之力地就照顾好每一个人的情绪跟需求，她那时候以为，梁家绮的内心，势必有些自视甚高，深入了解之后，才发现并不是这样，梁家绮的谈吐与想法，让人很难不喜欢上：教养良好，自信从容。

然而，现在她有些困惑，梁家绮竟直接把苏若兰的事告知了她。

她以为，凭借梁家绮与苏若兰的交情，以及，她本身与梁家绮的交情，梁家绮没理由跟她说得这么深层。没想到，梁家绮对她毫不保留。这有两个可能性：一，梁家绮并没有这么在意苏若兰；二，相较于苏若兰，梁家绮更喜欢自己。概率微乎其微，但陈匀娴更喜欢这答案。

"所以，苏小姐那边的事，现在顺利处理完了吧？"她继续试探着。

"哦，处理完了。"梁家绮冷淡地说，"赔了几千万。Ted说，她丈夫那一次太好高骛远了，出手太急的后果，不是大赔就是大赚，他们那次运气不好。但，有谁可以保证自己每次出手都是赚的呢？在圈内，谁没有输过几千万？下次出手前仔细一点，不就好了？"

"也是，也是。"

说什么都是自曝其短，陈匀娴喝了一口茶，让自己看起来有事可做。

"目前培宸适应得还好吗？"

"除了英文以外，没什么让我们操心的。说来惭愧，以前读英文的时候太懒惰了，口语没好好练习，虽然有陪他念一些英文绘本，也有上双语幼儿园，好像还是差一些……定国跟我说过，还是你们这种喝过洋墨水的人吃香，小孩天生就赢在起跑点上。"

这话立即产生了效果，梁家绮给打动了，她绽开笑容，没有推辞，接受了这份赞美。

她摇了摇茶壶，里头没水了，服务生很快地端走茶壶。

"匀娴，好奇妙，跟你相处时胃口特别好。我平常不会吃这么多的。"

"吃多一些才好啊，你太瘦了。"

"别说客套话，你没见过那些妈妈？大家表面上都说自己不在意身材，实际上在意得要命。"

"对，这是真的。"

这是另一种让陈匀娴感到纳闷的现象，照理说，这些女人负担得起市面上多数的食物，她们不必委屈自己的味蕾，可以日日享用五星级美食，把自己吃成大胖子。但，她们却仿佛对食物产生了免疫力，一个比一个纤细，像是苏若兰，她拥有陈匀娴看过最细的脚踝跟手腕。

"啊，对了，家绮，你知道为什么有些妈妈，没有被加入群组吗？"

"我不知道，也许她们没有使用 Line 的习惯？或者不想加入吧。"

"对，有可能。"

"说到群组，匀娴，我一直很好奇，你为什么都八九点后才开始回复，你平常的工作很忙吗？"

"呃，"陈匀娴紧张起来，"该怎么说呢，我必须说，松仁小学的功课、跟要参加的活动，实在是满多的，我一开始也想要跟上，可是大家聊得好快，我一没注意，就跟不上了。所以，到后来，我想说干脆累积到晚上，下班时再来慢慢看好了。"

"原来是这样，我以为是工作的问题。"

"工作多少也有占一部分的因素……"陈匀娴为难着要吐露多少。

"匀娴，你很喜欢工作吗？"

"该怎么说呢，我想要休息一阵子很久了。我的主管越来越难相处了。"

陈匀娴说出了实话，梁家绮间接得知了，陈匀娴之前是避重就轻。

"既然如此，那为什么不考虑休息一阵子呢？之前，班上有妈妈想邀你一起茶叙，培宸在班上很受欢迎，大家都想多了解你。我跟她们说，你平日要工作，也不好约时间。"

问题一个紧扣着一个，陈匀娴险些无法招架，她得审慎回答。

她挤出微笑，说："因为我比较没有安全感吧，觉得还是要有自己的收入。"

实情是，杨定国的薪水，支付完房贷、保险费、伙食、交通跟娱乐费用以后，余额并没有想象中宽裕。陈匀娴计算过了，他们每个月的开销，平均落在十二三万上下。一个月五万的房贷占大宗。其次是保险，再来是杨培宸的教育费。他们当今的财务分配是，杨定国的薪水用来支付各式各样的账单，陈匀娴的收入则转入储蓄的账户，除非必要，否则不能动用。每一年，他们存下的钱，只比陈匀娴的年收高出四十万左右。换个角度来说，若陈匀娴待在家中，少了她的薪水，他们一年仅能存四十万，在陈匀娴心目中，这数字无法担保一个安详的晚年。

这也是为什么，陈匀娴这么渴盼杨定国能早日升迁，长期在工作与家庭中疲于奔命，陈匀娴的体力和精神早已透支。陈匀娴咽了咽口水，心如擂鼓，若在这个时刻，以同为女性的立场，跟梁家绮坦承自己对于丈夫升迁的希冀，是明智的选择吗？

陈匀娴思考过于周密，而梁家绮询问的下一个问题，则让她失去了开口的良机。

"匀娴，你怎么不早说呢。这很好处理的。我可以帮你找到一些工作，你不怎么需要做事，一个礼拜出席、签到几次就好了，缺点是一个月只有三万出头。"

"这样子做，不太好吧……"

"你放心，一切都是合法正当，有根据的。之前选举，一些朋友欠了 Ted 人情，是时候跟他们讨回来了，Ted 又不是做慈善事业的。怎么样？真的不用做事，事情会有别人来做，每个礼拜就是花一些时间，露一下脸。好好把握，我不随意帮人拉关系的哦……"

梁家绮笑盈盈地看着陈匀娴，仿佛两人只是在讨论要不要加点一份松饼。

关系，又是关系。

取之不尽、用之不竭的关系。有帮杨培宸讲进松仁小学的关系，也有给陈匀娴安排职位的关系。这些人际往来，织成一张细致紧绷的网，什么样的难题都能给这一张大网实实地接住。这很可能是她跟梁家绮，杨定国跟蔡万德，最大的不同。

"很谢谢家绮的提议，我回去再跟定国讨论看看。"

兹事体大，陈匀娴克制她如气球一样往上飞升的心情。

鸡蛋不可以放在同一个篮子里，同理，她不应该把所有的风险都押在蔡家上。仔细想想，不免觉得有些可怕：蔡家介入得好深，小孩的学校是蔡家拉来的，定国在 Ted 底下做事，假设连她的工作也是，她要怎么还清蔡家的恩情？她能辜负梁家绮吗？

"匀娴，你千万、千万不要觉得有压力。"梁家绮似乎察觉到陈匀娴脸上表情的变化，她伸出手来，盖在陈匀娴的手上，"我只是觉得跟你一见如故，舍不得你过得太辛苦。"

陈匀娴默默无语，心情一下浸了盐水，一下有蜜渍入。

道别时，梁家绮想起什么似的，从桌子底下的置物篮，拿出一个坚固的纸袋。

一看到那巨大的双环，陈匀娴深吸一口气，她想，这最好只是个纸袋。很多人喜欢以欧洲精品的纸袋装一些书籍、纪念品、小礼物什么的。如果纸袋内装的，真的是她所想象的那样物品，陈匀娴不敢保证，自己今晚不会失眠。

"匀娴，之前见面，我注意到你的包包有点磨损了。我之前跟 Ted 去法国时，包包很便宜，又可以退税，我买了很多要送给朋友。现在，你也是我的朋友，这个送给你。"

◆

办公室内，陈匀娴屡屡略过叶德仪的叫唤，叶德仪啧了一声，没好气地问："医生怎么说？"

陈匀娴傻愣了几秒，才想起那个谎言。她连忙解释："没事，不是流感，小感冒而已。"

她回过头来，强迫自己专注在那些表格与永远整理不完的分析上，心思仍不由自主地回到了昨日。

一与梁家绮分别，陈匀娴迫不及待地躲进捷运站的厕所，把纸袋里的盒子给拿出来。菱格纹荔枝牛皮，搭配金链。她怔忡又狂喜，像是盒子里有一条嘶嘶吐信的眼镜蛇，她迅即盖上盒子，一来是不能再承受更多，二来是避免厕所的气味逸进盒内。

她走出厕所，边走边滑着手机，一查到定价，她差点惊喊出声。十三万，人生第一只名牌包。她吞了吞口水，她不是没有十三万，只是在拿十三万去买包之前，得越过层层叠叠的罪恶感。

有钱买这种包，是一个档次，钱多到可以买这种包送人，是另一个档次。

有人在看着她，更正，看着她手上提的纸袋。从那个年轻女孩的目光，陈匀娴看出了自己有多粗心，她根本不应该搭捷运，这样子做，人家会以为她只是拿名牌的纸袋来装杂物，她离开捷运站，决定用走着去接杨培宸，越多人看见越好，不是每一天都能像现在这样神气。

在松仁小学名列前茅的儿子，拥有名牌包的母亲。

陈匀娴发出一声幸福的喟叹。这么多年以来，她第一次如此满意自己的生活。

◆

杨培宸告诉她，班上有两个学生，被老师公开表扬了。Jonathan 跟 Chris。

"老师说，因为他们的父母很帮忙班上的事情，老师很谢谢他们。"

"那，应该要感谢他们的爸爸担任家委吧？谢谢小孩好奇怪欸。"

汪宜芬的出现，陈匀娴并不意外。她的丈夫跟媒体的关系良好，校方自然会期待由她的丈夫担任家委。她纳闷的是，在群组中曾经询问要如何当上家委的那位妈妈，她丈夫的名字并没有出现在家委名单上，而是由另一名妈妈得到这职称。

杨培宸扁着嘴，陈匀娴的话，对他来说有些高深。他调整了一下下滑的书包肩带，昂起脸，看着母亲，"妈妈，你知道学校之后要举办才艺比赛吗？"

陈匀娴目视着前方交通标志信号的变换，冷静地回答："才艺比赛？"

"对，每个班级都要想一个活动。Jonathan 的妈妈说，她可以帮大家想。"

陈匀娴打开 Line 的信息窗，在上百则信息中打捞可能的信息。

"啊，看到了……"

一月份的才艺比赛的细节内容，汪宜芬张贴的。

过了马路，陈匀娴停下身子，读着汪宜芬的提醒。

"这个才艺竞赛，是所有新生，来到松仁小学这个大家庭，第一个正式活动。透过这个竞赛，新生们可以凝聚起对班级的向心力，也可以培养团体合作的精神！我的大女儿，都已经六年级了，还记得每一年才艺竞赛的主题！我鼓励各位家长尽量参与这个活动，不要错过小孩子难得的成长次段，尤其是这么重要的！上午 9:25"

"你说，这个活动，Jonathan 的妈妈会帮大家？"

"对啊，之前 Jonathan 姐姐的班级，也是 Jonathan 妈妈帮忙的，他们拿过两次第一名。老师说，Jonathan 妈妈很厉害，我们很幸运跟 Jonathan 同一班。"

"才艺竞赛要干吗？你们挑一个主题？上台表演？"

"老师说，还要做道具。道具做得越厉害，越有可能拿到第一名。"

陈匀娴翻了个白眼。一个小学一年级的活动，有必要讲究到这种程度？

才小一的学童，连铅笔都还拿不上手，哪有办法做出什么复杂的美工？她十分不解，这到底是谁跟谁的竞争。是各班级孩童，还是孩童们的家长？

◆

陈匀娴将她跟梁家绮的对话，加上自己的意见后，告知了杨定国。

杨定国眉头一皱，"不好吧，那个工作，你确定去了不会有问题吗？"

"可是不需要做事，就能有收入，有什么不好？"

"我再想一下。我的直觉就是觉得不对劲。"

"我真的需要喘一口气，我没办法同时做好两件事。"

145

"我宁愿你直接辞职。"

杨定国把整颗头埋进水里，吐出大量的泡泡。两人此时在浴室，杨培宸在看电视，他的笑声不时传入夫妻俩的耳朵。陈匀娴明白，她应该给杨定国一些休息的时间，而不是在丈夫泡澡时，莽撞地冲进来，可是——她憋不住，再忍一分一秒都是痛苦，于是她闯进浴室。

"你难道不担心存款的问题吗？"

"你要听老实话吗？我觉得存款不是主要的问题。"

陈匀娴心头一颤，她头抬起来，定睛细看着丈夫。

婚后，她偶尔会忘记自己跟丈夫之间年龄上的差距。婚前，她像是个无知的小孩，杨定国说往哪里走，她很少有第二句话，她很喜欢这种给人牵着走的感觉，做主是一项很伤脑力的活动，她宁愿跟从信赖的人走。婚后则不然，许多选择，变成由她来紧张、来操烦，她成了那个在前头主导一切的人，杨定国则像是个后勤支持的角色，仿佛只要他能够规律地为这个家庭带回收入，就足以巩固他在这个家庭的角色。不知从什么时候起，这个家，每一个空间，每一块瓷砖上，都飘浮着女主人的想法与意志。梁家绮的话，幽幽地在耳边又回响起，在圈内，谁没有输过几千万？

几千万，苏若兰的夫家是幸存者，而杨家没能撑过去。

梁家绮说，下一次出手前仔细一点就好了。

问题在于，包括杨定国的父亲，包括社会上的多数人，他们是没有"下一次"的。

陈匀娴垂首,眼珠盯着地板,抑制着情绪的波涛汹涌。

"有什么还不能说的?我们都是为了这个家好。"

杨定国的眼中闪现一丝犹疑,他直视前方,搓着露出胡楂的下巴。

"我觉得你暂时休息一下,对儿子也好……"

"为什么这样说?"

"我觉得,家里现在的样子,好像跟我期望中的不太一样。我也不知该怎么样做才可以变成我想要的样子。既然你坚持要休息一下,我想,先这样做吧。"

"什么叫作你期望中的样子?"

"哎……"杨定国叹了一口气,脸上的痛苦神情显示出,他不想要回答这个问题。

"你说啊,你不说,我怎么知道问题出在哪里?"

长到让人不安的沉默后,杨定国终于发了声:"首先,我要强调一点,我讲这些不是在怪你,我知道你真的很不幸,遇到一个情绪管理有问题的主管,可是……"杨定国打量了妻子一眼,说了下去,"我有时候会觉得,儿子很可怜,因为我们工作都很忙,都不能好好陪他。"

"可是他没有抱怨这件事啊?"

"那是因为他很体贴啊!你有没有发现到,每一次,叶德仪把很难的任务丢给你，那一阵子，家里的气氛就很低沉吗？我跟儿子都不太敢跟你说话，怕吵到你。"

"你不也会带工作的情绪到家里吗？"被踩到痛脚，陈匀娴下意识地反唇相讥。

"对，我承认我也会。"出乎意料，杨定国很爽快地承认了。"但，至少现在我只有工作上的情绪，你不是，你还有松仁小学的事情。我们让儿子去读松仁，不就是希望他进入更好的环境，接受更好的教育吗？一开始，你好像也很开心，可是……这几个月下来，你变得很容易有情绪。我知道，那是因为跟这些妈妈相处会有压力，松仁小学又有很多活动。"

一口气说了太多话，杨定国显得有些不知所措，他停下来，拔掉水塞，隆隆的水声，让一时的无言以对变得没那么难受。杨定国站起身，跨出浴缸，拿起浴巾往身上抹。

"我也不知道怎么说，可是，匀娴，问题到底出在哪儿？我们送培宸去松仁，是为了他好，但你看，有多少次，儿子想要跟你聊学校的事，你宁愿先看那些 Line。"

"那是因为老师会在群组里张贴一些跟课业有关的信息。"

"分一些时间给儿子，有那么难吗？我看你有时候也不是在看班级的群组，而是在跟那些妈妈聊一些有的没的，她们有比儿子重要吗？"

"你不清楚我在班上的定位有多尴尬，"陈匀娴不自觉地嘹起音量，"我不像那些妈妈，她们是专职的，她们只要做好妈妈这个角色就够了，而我呢？我白天要上班，叶德仪又成天神经兮兮，紧迫盯人。我如果不把握晚上的时间跟她们套交情，我不知道，如果哪天出事了，我会不会像Brian的妈妈一样……被围剿。"

"Brian的妈妈？她又是谁？"

陈匀娴简短地报告了前些日子流感话题在班上引起的风波。

"你们真的太大惊小怪。"杨定国不可置信地摇头。

"请不要用'你们'这两个字，我可不像她们那样闲来无事。"陈匀娴冷冷地更正。

"好吧，'她们'真是'时间太多'了，我不懂，只是个感冒而已，有必要搞到这样人心惶惶吗？我看汪宜芬跟那个谁，她们应该要找点事做，而不是一天到晚吹毛求疵。"

"她们已经有事做了，就是全职妈妈。"

"那可以算是一份工作吗？"

"杨定国，你这句话最好不要传出去。"

"好吧，我收回。事实上，Ted有一次提到，他觉得这种学校，很容易有一堆紧张兮兮的妈妈。之前Chris还在幼儿园的时候，有一阵子，他老婆被这些事弄得很烦。"

"你说梁家绮被别人弄得很烦？怎么可能？她是胜利组欸。"

陈匀娴下意识地不相信，怀疑这是丈夫为了安慰她而编造出的故事。

她根本无法想象，梁家绮会有因为人际关系而困扰的一天。

鱼有溺死的可能吗？应该没有。

"是真的，我有印象，那一阵子，Ted 请了一个人去接 Chris 上下课，因为他老婆太累了。"

"那，那为什么……"

陈匀娴开不了口，只能任由一个又一个疑问在胸中缓缓沉落，为什么梁家绮只字未提？她记得之前两人也有带到幼儿园的话题，那时梁家绮并没有说什么。

"小娴，我有个提议，你参考看看，不一定要听我的。"

"你说看看。"

"我觉得，你不要太常把那些妈妈们的意见放在心上，她们就真的只是'时间太多'了，对，她们是全职妈妈，全心全意顾小孩，很好，但是，这不表示那些要上班的妈妈，就不是好妈妈啊。你觉得很累，工作压得你喘不过气，所以要退下来休息一下，我举双手赞成，但、如果是因为受到这些妈妈的影响，我也不确定……这会不会太冲动了？"

杨定国说得很对，简直不能再说得更好了。

但，正确的言论，并不是陈匀娴想听的。她想听的是承诺。

承诺无论自己怎么选择，都会有人愿意一起承担这个选择所带来的代价。

"老公，我知道你说的是对的，可是……哎，怎么说呢，我

150

还是想休息一下。倒不是因为这些妈妈们的影响，而是，我觉得，我真的很累。我被夹在中间，你看得出来吗？叶德仪为什么对我特别刁难？因为她就是对有小孩的女人有偏见啊。她觉得我们不可能对工作百分之百付出。而松仁小学的妈妈又是怎么想我的？是不是表面上客套，私底下觉得我都把心思放在工作上？最后，还有一点，我觉得我们都没有想清楚。"

陈匀娴轻松地把主词从"我"转换成"我们"，逼杨定国注意她的说法。

"松仁有这么多人脉，我们两个人却都把精神放在工作上，不觉得这很奇怪吗？"

杨定国叹了一口气："好了，先不要这么激动，儿子会以为我们在吵架。"

"他才没有在管我们，他看电视看得很开心。"

陈匀娴拉开了门，从门缝望出去，她没料错，杨培宸深深把握着这难得的纵容，眼珠紧黏在电视屏幕上，双手紧紧抓着裤管，小嘴微张。浴室的热气随着门缝溜了出去，陈匀娴感到一丝沁凉，她深深吸进一口气，转过身，再次看着丈夫。

"老公，我辞职的话，你可以接受吗？"

杨定国穿上了家居服，他擦拭头发，眼珠盯着地板，闪躲着妻子的注视。

时间流逝，可能是三十秒，或一分钟，陈匀娴按着脖子，颈动脉"得得"地鼓动着。

"那就这样做吧,我只有一个条件是,我宁愿你先暂时在家里,把家里的事情给照顾好,这就够了,至于工作方面,回绝掉梁家绮吧。"

"你真的不觉得可惜吗?有人脉关系为什么不利用?"

"小娴,你是真的不懂吗?"杨定国的语气生硬,"儿子的学费是 Ted 付的,若连你的工作也要由 Ted 的老婆去安排,我算什么?我宁愿更主动地去争取老板的赏识,多加班。"

"可是,这样子……钱够用吗?"

"就先烧一下之前的存款吧,存钱不就是为了要应付这种时候吗?"

"你会不会觉得我在给你压力?"

陈匀娴明知不应该问出这种蠢问题,可是她忍不住。这可能是他们结婚多年以来,重要性仅次于买房的决定,恐惧与兴奋不断地从身体深处冒出,反复戳刺着她的感官。

"当初结婚时,我有承诺过你,钱的事情我来负责。况且,不管是什么选择,我相信都是为了让这个家可以更好,培宸可以更快乐。你快乐,儿子也会更开心。"

陈匀娴惊喜地看着丈夫,眼前的杨定国令她感到遥不可及,又近在咫尺。

她无法否认,自己在婚后对于杨定国日益失望,常在心中暗想,这人危机意识不足,又过于安于现状。杨定国的表态驱逐了笼罩在她心底的层层迷雾，再一次，她相信他们夫妻是一体，要共同解决这个家庭所面临的危机。

◆

得到杨定国的支持后，陈匀娴并没有如想象中的卸下胸口重担。

她反而失眠了。杨定国的言语，掺杂着她自己的感受，不停地在脑海中翻搅。她翻坐起身，走到客厅，冲了一杯薰衣草茶，再端来纸笔，写下数个选项的优劣与风险。等到窗外传来啁啾鸟声，天亮了，她也下定了决心，要再做最后一次的突破：她要跟叶德仪商量留职停薪的可能性。

自从她进入这个新世界后，透过观察，她已能够掌握出一些现象的雏形。松仁小学妈妈们的定位，若以金字塔为区分，她——陈匀娴这号人物，很可能位于最底层。因为她要工作，而且她的工作并不拥有什么显赫的头衔，更与"自我实现"四个大字扯不上边。

至于梁家绮与其他条件差不多的妈妈们，留美学历，表示能力不差，家世纯良，嫁给可贵的对象，无论是夫家在国内如台北、内地，还是在国外如美国所拥有的不动产，或是丈夫个人的年薪，都足以让这些女人们珍藏起自己的学养，用在抚育这些上层阶级的下一代。

陈匀娴原以为，这个阶层已是最高端，其上再无他人。

但，这几个月的旁观，她意识到，梁家绮所代表的这阶层，并不是最高等级。最高端的阶级，是那些可以用自己的名字来进行社交，而不需附庸于丈夫或孩子名字的女性。像是 Ameilia 的妈妈 Ivy，她的娘家以鞋业起家，传到她这一代，她学设计，并鼓励弟弟学营销，姐弟俩开创了一个全新的品牌，这几年渐渐打响了名声，Ivy 上过好几次人物专访，分享女性创业心得和保养秘籍。

Ivy 的丈夫是父亲挚友的儿子，在父亲开创的营造业底下工作，夫妻俩各自冲刺，据说 Ivy 一年的分红上千万。最理解 Ameilia 生活的是她的保姆，菲律宾人，来台湾十年，仍一口破烂中文，因为没有人跟她以中文沟通。Ivy 很少回复群组内的信息，但她每一次回复，总让人蠢蠢欲动，其他妈妈们会比平常更踊跃，像是老师提问时，台下那些奋勇举手，以唇语吐出"选我、选我"的孩童。所有人都对于能够跟 Ivy 对到话而觉得荣幸，包括陈匀娴。

有时候想到自己与"会出现在杂志跟电视的人物"圈在同一个群组内，她也抑制不住上涌的虚荣感。Ivy 这种女性，虽也可以称之为"职业女性"，但这只是分类上暂时想不到更适切的说法，Ivy 所享受的赞叹，所得到的豁免，跟成功男性没两样，陈匀娴能够保证，若是 Ameilia 把感冒病毒带到了班上，铁定没有人敢出声苛责 Ivy，了不起只是怂恿 Ivy 骂家里的阿姨几句。Ivy

这种女性，又比梁家绮高一个档次，因为她做到了梁家绮也做不到的事情：她可以不用为了 Ameilia 的表现而患得患失，除此之外，她让所有妈妈，哪怕是汪宜芬，都顾忌三分。Ivy 如果要管事，绝对可以取代汪宜芬的地位，成为群组内的领导者。讽刺的是，她对于这个位置毫无兴趣。

还有一种存在，陈匀娴尚在思考，究竟要置放在金字塔哪一个水平上。

班上有一位学生 Iris，妈妈董倩是小有知名度的"名媛"，娱乐版上，可以看见她与当红艺人朋友出席时尚派对的合影，往往不是站在正中央，更像是一旁插花陪衬的角色。但这并无损于其他妈妈对她的向往，大家已不是十五六岁的青春少女，只会转着遥控器，对于台面上的人物悻悻地调侃："这谁啊，又不红。"都三十几岁了，早认清杂志上小小一格版面，电视上闪过的几秒钟，都是千载难逢的机会。出言嘲笑的人，哪怕是倾家荡产，也不一定换得到这种待遇……

跟 Ivy 一样，董倩也不是那种全心全意对待自己小孩的母亲。

班上有一位妈妈，表姐跟 Iris 一家人住在同一个小区，她跟梁家绮透露：董倩经常为了出席一些时尚聚会，而把妈妈从娘家叫来支持，帮忙接送小孩、料理晚餐以及接待家教老师。董倩自己则在外待到晚上十一二点，有时甚至过了半夜，才搭出租车回家，那时候孩子早已睡下了。

梁家绮把这八卦讲给陈匀娴听时，也罕见地多讲了几句："董倩之前接受杂志专访，还一副自己是多么在乎小孩教养的姿态，大家都搞错对象了，应该要去访问董倩的妈妈。"

照理说，董倩的形迹比 Brian 妈妈更夸张，应该会招致更多人的质疑与批评。然而，在群组中，大家对于董倩展现出极大的同理心，哪怕董倩时常丢出一些伸手牌的问题，也有人好声好气，悉心讲解。对此，陈匀娴啧啧称奇。

总而言之，她觉得这个金字塔很诡谲，中间阶层的妈妈，跟下面阶层的妈妈，隐隐约约竞逐着对于亲子教养的热衷程度。而上等阶层的妈妈，则时常将教养的义务给外包出去，对于孩子的表现也不是百分百上心，有趣的是，大家也很吃她们那一套。

再来谈汪宜芬吧，她跟梁家绮的条件十分类似，唯独一点不同，说穿了就是有点土，她想要权力，就会用力地去争取。陈匀娴猜，汪宜芬跟 Ivy、董倩，私底下应有接触过，Ivy 曾在群组中直接点出汪宜芬，谢谢她对班上事务的用心，从此，汪宜芬的地位，未再有人挑战。

陈匀娴承认，在叶德仪底下工作虽然劳苦，但她不是很笃定，自己可以胜任全职妈妈这个角色。她甚至怀疑过，那些全职妈妈真的安于这个身份吗？辞掉工作后，她能够理所当然地离开最底的阶层，进一步往中间阶层靠近吗？

以汪宜芬跟梁家绮来做比较，她确定前者是真的热爱这角色，至于后者呢？她复习起梁家绮跟自己的少数会面，也不知是不是个人的错觉，梁家绮时常给她一种跟 Chris 有距离的感觉。梁家绮在讲到 Chris 时，总是有种淡淡的苦涩与不耐。这会不会是全职妈妈的副作用之一？因为放了太多心思在孩子身上，时间一久，渐渐显露疲乏？

这一点，艾薇也有写文章分享过。

艾薇辞掉工作，专心陪伴一对宝贝的日子里，也有过迷惘的岁月。尤其是看到还在职场上奋斗的妈妈朋友们，也会怀疑自己的选择真的正确？那一阵子，艾薇甚至想不开到，无法跟自己的小孩好好相处，整个人浸泡在自我怀疑之中，失去了以前一看到小孩就觉得拥有全世界的快乐。如果两个小孩的表现，比不上那些职业妈妈的小孩，怎么办？会不会有人觉得我很弱？艾薇开始胡思乱想，对两个小孩的态度，也变得不像一开始有耐心跟爱心。后来，是老公发现到我怪怪的，问我到底是怎么了，为什么不像是一开始那样，那么享受在家陪伴小孩成长的乐趣？我问他："老公，如果我没有把小孩给带得很优秀、很聪明，你会怪我吗？"老公说："当然不会啊，因为我知道，你很尽心尽力了。"听到这句话，艾薇松了一口气，知道说就算自己没有把小孩带到前三名，也没关系，反正孩子的基因是父母给的，如果我拼了命地在教，小孩还是一天到晚耍白目①给我看，老公也要多少负责任吧（笑）。好险，在松仁的日子中，两个宝贝常常是考试跟比赛的常胜军，也不枉费我给他们两个人安排了这么多课程。见到他们的奖状后，艾薇的焦虑也被治好了大半。请大家相信，全职妈妈虽然牺牲很多，可是孩子会为我们带来丰富的回报！

这篇文章，陈匀娴如今来看，多了很多第一次阅读时所没有的感触。她不免想着，这么多女性，都为了要做职业女性还是全职妈妈所苦，是不是因为两条道路，都有微妙的辛酸，也有奇特的满足？她趴在桌子上，决心暂时以留职停薪作为退路。这是她目前所能掌握到最保守的策略，而唯一的挑战在于，她得说服叶德仪让她这么做。

至于下一步，她有个未成形的念头，自己应该要扩展眼下的人际圈。

她要再跟更多的妈妈们搞好关系。

◆

陈匀娴有料到自己可能会被叶德仪拒绝，但她没算到叶德仪这么狠。

---

① 形容搞不清楚状况。

158

"你知道吧，去美国分行的交流，我嘱意你也跟着一起去。匀娴，你自己知道老董有多看重这次我们出去。这个时候，你说你要退下去？"

　　"Sophia，对不起，我很谢谢你的赏识。可是，我的家庭也需要我……"

　　"赏识？说这种话有什么用？你有把这件事放在人生的priority（优先权）上吗？我看是没有，否则你不会这样得寸进尺。你现在的位置有多少人在觊觎？你不会不清楚，比你学历、经历更好的人才，大有人在。我是念在我们之间的旧情，才让你留在这单位。现在，你看你是怎么报答我的？"

　　虽然早有准备，话语实际穿入耳朵时，内心的回音仍震耳欲聋。陈匀娴几乎要浮夸地掩住胸口，好压抑快要奔出喉咙的心脏。叶德仪怎么好意思说出这种话？陈匀娴永远忘不了，叶德仪是如何在办公室内，如同老鹰盯着肉般，监看着她的一举一动；而在她为了杨培宸生病或受伤，而不得已请假前去查看时，那自身后响起的凉凉祝福。陈匀娴更不会忘记，那些被强逼着要一起挑灯夜战的日子，凌晨三点，她们等着出租车，陈匀娴的眼睛快要不能睁开，叶德仪兴奋地拍打她的肩膀："等我们撑过这一关，再回来看这些日子，一定会很感激自己。"陈匀娴昏累地想，不，没有我们，因为我跟你是不同的。

　　某种程度上，可以说，叶德仪是可怜的，她把多数的时间都投注在工作上，可是她自己也没有信心这个选择是否正确，只能从下属身上，榨出对于这个选择的认同感跟成就感。

一个心折，陈匀娴变得很想放弃跟叶德仪周旋下去，直接投降，辞职吧，她想。回来之后，还不是要再跟这个女人接触？想是这么想，一开口，却又不是这样。

"Sophia，我知道，是我不识好歹，是我辜负你的栽培。做出这个决定，我也很难过。只是孩子现在小一了，开始有点状况，我的先生怕我们再不约束一下，以后再介入，孩子可能也不想要听我们说话了。"这席话半真半假，陈匀娴讲起来不无心虚，"Sophia，你若真的觉得我辜负了你的期待，我可以体谅，这件事百分之百是我的错，我太自私……"

叶德仪没有立即搭话，陈匀娴的真情流露令她的刻薄少了着力点。

"话也不是这么说……"

陈匀娴眉头一昂，明白自己的以退为进产生了效果。

"我的年资跟考绩都符合内规……可是时机点不对，对吗？"

"也不只是时机点的问题。哎，很棘手。"

"Sophia，我知道这样做不对，但，到了这时候，我也只能请你……接受我的微薄心意。"

陈匀娴从桌子底下的置物篮，拿出一个体积不小的纸袋。纸袋上那巨大双环，连见多识广的叶德仪，眼中也不免露出精光。

苦楚卷上了陈匀娴的胸窝，叶德仪那张因兴奋而涨红的面颊，她也曾拥有过。陈匀娴把心一横，伸直双手，将所有的筹码交了出去。

"匀娴，你这是做什么？"

"Sophia，这是我请朋友在蜜月时代购的，我也不确定你是否会喜欢，就自作主张了。"

叶德仪左手在凌空迟疑半晌，触了纸袋的提手。

这一触，陈匀娴知道事情还有转机。

"哎，你这又是何必？"

"Sophia，千万别这么说，我一直很感激你的提拔。但自从小孩在学校出了点状况，我丈夫开始怪我，不像一般的妈妈，孩子生出来后就充满母爱。他甚至搬出我公公的名义，逼我回家专心顾小孩一阵子。我为了这件事，跟他吵到几乎要离婚了……我想破了头，发现自己没有其他路可走，只好硬着头皮来求你。当然，我知道是我太自私，可是Sophia，请你体谅我的苦衷，除了你……没有人愿意对我伸出援手。"陈匀娴抽了一张卫生纸，按了按肿胀的眼窝，本来没有的泪意，给这么一刺激，也顺理成章地流出来。

"Sophia，求你收下这点微薄的心意。是我的要求太过分。自从我想破头，决定要请Sophia你帮这个忙之后，我就想，天啊，我怎么可以这样让你陷入两难。我告诉自己，我得做点什么，好对得起Sophia。你也知道我们是很普通的家庭……"

叶德仪缩回手，倒在椅子上。她扶着自己的额，摇了摇头。

跟桌子相较，纸袋的比例大得惊人。别桌的客人视线飘过来，又飞快地逃回去。

像是等待受审的犯人，陈匀娴的呼吸跟心跳都剧烈地增快了。

"匀娴，你知道吗，我就看不起你们这种女子。"

陈匀娴瞪大眼，笼罩着两人的气氛，一瞬间有了戏剧性的改变。

"当初上面的人知道我看好你，还泼我冷水，说你一看就是那种会辞职回家顾小孩的女人，我不信，还独排众议，把最有挑战性的工作交给你。我拿我的眼光在赌，赌我不会看走眼。"

叶德仪舔了舔嘴唇，视线故意不放在陈匀娴身上。

"现在你看你是怎么对我的？只是孩子在学校不适应，就放下工作去看他？你说你只需要休息半年，那我问你，半年后，如果你儿子还是适应不良呢？"

"Sophia，我跟你保证，我绝对只会……"

"不，"叶德仪打断陈匀娴，"现在你是不是要跟我保证，仅此一次，下不为例？匀娴，亏你在我底下工作这么久，到现在还不明白我的个性？"

陈匀娴眼中露出怯色，"Sophia，我不懂你的意思……"

"现在，我给你两条路。一是假装这场对话没有发生过，所有的计划照旧，你拿出百分之百的决心，准备这一次跟美国分行交流的事，写报告的责任我会交给你，credit（归功）也是你的；

二是，你就彻底回归家庭，变成那种成天绕着小孩打转，光是为了小孩哭了要马上安慰，还是过三十分钟后再安慰，就可以花一整天争论的那种女人。"

"Sophia，我求求你……"

"不要求我，天底下没有鱼与熊掌兼得的事。你怎会觉得我会纵容你到这个地步？此例一开，有多少人会模仿你？真以为你可以 have it all（拥有一切）？"仿佛嫌陈匀娴不够痛苦，叶德仪再次乘胜追击，"把你的包包收起来吧。你辜负我的，不是一个包包就可以偿还的。"

谈判破裂，陈匀娴拎着包包，步履沉重。走到下一个路口时，她再也压抑不住，恨恨地踢了路旁的垃圾桶，也不在意路人的目光。叶德仪真可恨，不答应便算了，还要断掉她的后路。她安慰自己，这样也好，至少她不会太感激叶德仪。陈匀娴忽然觉得自己好可怜，梁家绮、汪宜芬，甚至是张沛恩，她们的人生中，有过这么难堪的时刻吗？对她们来说，人生不就是 have it all？

水滴掉在她的脸上，陈匀娴以为是哪户人家的冷气在漏水，不，是下雨了。她看着灰阴的天色，就近躲进了一家百货公司，选了一个较少人烟的楼层，走进化妆间。一坐在马桶上，陈匀娴把脸埋进掌心，抽泣出声。她猜她的声音会吓到一些人，至少隔壁的人，她无所谓，她觉得自己值得一场充分淋漓的哭泣，心一定，她抛开羞耻，大哭起来。

◆

两个月后，再想起在厕所里哭出声的自己，陈匀娴只想大笑。若可以的话，她多想乘坐时光机器，安慰当时的自己："别哭了，离职后，你的日子不能再更好了！"

更精确地说，离职后一个月她才尝到甜头。前一个月，免不了要跟杨定国解释当天的情况，杨定国不相信叶德仪会这样对待共事多年的下属，一直要妻子"说实话"，直到陈匀娴宣称，她要把叶德仪的号码交给杨定国，让他自己去问清楚，杨定国才终止了拷问。

而娘家则是另一个坑。陈匀娴先把离职的事告知陈亮颖，请姐姐跟爸妈讲一声，陈亮颖才挂上电话，陈匀娴家中的电话几乎在同一时刻响起。

"宸宸的学费不是很贵吗？这时候辞掉工作好吗？"

"妈，钱的事情不要紧。我公公有给我一笔钱，那笔钱可以让我们好几年都不用烦恼经济的事情。"陈匀娴眼也不眨地扯着谎，一个接着一个，"而且，定国跟我有在考虑生第二个，我朋友们说，小孩子一旦差太多岁，就无法玩在一起了。培宸已经六岁了。"

这个话题成功地转移了话题的重心，简惠美发出一声如释重负的叹息。

"我跟你爸一直在想，你们什么时候才会生第二个，还以为你们没有要生了呢。"

"我们有在考虑，还不确定答案。现在的大环境不好，只生一个比较没压力。"

"可是，有必要因为这样就不工作吗？"

"妈，你不要只想着钱、钱、钱……好不好？培宸从出生到现在，我几乎没有好好陪过他。现在，我可以专心地检查培宸的作业，他们的作业真的好难，好多英文单词我也不会，还要用手机查；我还可以准备早餐跟晚餐，定国跟宸宸都很开心，他们说，现在这样子，很有家的感觉。"

在陈匀娴坚定的语气中，简惠美退让了。

陈匀娴的家庭主妇生活，也在颠簸中上路了。幸运的是，她的付出，很快地回收了甘果。为了快点走出被叶德仪洗脸的阴霾，陈匀娴认真投入之前嗤之以鼻的才艺竞赛准备。她对于班上学生家庭的组成有了更深的认识，杨培宸跟她聊天时，她点头的次数也大幅增加。对她而言，那些名字不再只是名字，而多了五官跟背景。

例如，杨培宸跟她抱怨 John 上课时一再打断老师，她会做出一些不怀好意的联想。"不意外，John 的妈妈也是同一个模样，我们在讲话时，她屡屡打断，仿佛怕我们把她给抛下。"有人说，John 的妈妈是私立末段科大毕业，家境普通，却幸运地怀了知名食品小开的儿子，夫家原本更希望儿子跟交往多年的港籍女友复合，为了孩子，忍痛答应了这门婚事。这种八卦，当然不是当事者亲口语出，班上另一位妈妈的远亲，嫁给该食品小开的亲哥哥，消息于是传开了。

没有当事者的场合，几个妈妈们挤眉弄眼地调侃着她的"母凭子贵"。极少表达出好恶的梁家绮，也皱了皱鼻子说："如果是 Chris 搞出这种麻烦，我会出一笔钱，请对方把孩子打掉，我们这么认真地栽培小孩，不是要这样浪费的。谁不知道妈妈的学历对于孩子的教养影响多大？"

陈匀娴表面上认真应和，私底下倒是无法如此置身事外。她禁不住猜想，要不是她还算块读书的料，今日被众人讪笑的角色，是否也包括她？为了驱散内心那淡淡发酵的不安，她加入了讥嘲 John 妈妈的阵营，在其他妈妈划出界线时，她也有样学样，以确保自己还在圈内。

她觉得自己宛如回到高中时代，为了避免自己沦为被针对的对象，所以得时时观察风向，在必要时加入声量较大的派别。虽然有压力，可是这种确定自己属于某个团体的感觉，也很不赖。她认为自己比在上班时，心境上年轻了不少。

才艺竞赛结束，"和班"拿下第一名。汪宜芬包了一家意式餐厅的晚餐时段举行庆功宴。致辞时，她一一谢了对才艺竞赛有所贡献的妈妈们，在提到陈匀娴时，汪宜芬不仅没有匆匆带过，反而更花了精神，热切地夸奖，"匀娴，你的手好巧，道具只要是你做的，一看都知道。特别精致，像是写了你的名字。"这句话的亮点在于"匀娴"二字，不是每一位参与者都可以得此殊荣，汪宜芬更习惯以妈妈的头衔冠之，除非她觉得你够重要，才会纡尊降贵地记得你的名字。

好险，汪宜芬更亲热地喊梁家绮为 Kat。陈匀娴松了一口气。

直觉告诉她，汪宜芬对她格外用心，绝不单纯。在制作道具跟安排剧情上，她不认为自己的表现有突出到值得汪宜芬记得她的名字。但，为什么？陈匀娴想了想，认为最有说服力的理由是：第二次段考，杨培宸跃升到第二名。一得知这结果，陈匀娴欣喜若狂。

她把儿子的进步，归功于自己的全职陪伴。

陈匀娴背着杨定国，私底下告诉亲爱的儿子："你千万要保持住这个名次，不要枉费妈妈对你的栽培。妈妈可是牺牲了很多，才有办法让你在松仁小学读书的。"

◆

除了汪宜芬的热情外，加入"深岚帮"更是大量缓解了陈匀娴顿失工作的不安。

梁家绮慎重地把陈匀娴介绍进去，苏若兰也在，一些 Chris 生日派对上见过的面孔也在，除此之外，都是些不认识的人物。最重要的一位，是王念慈。更实际地说，她像是这个小圈圈的汪宜芬。王念慈的夫家开了一间会客的小餐馆，叫"深岚"，晚上才正式营业，其余时刻则恭候老板一家人差遣。王念慈的女儿也读松仁，四年级。Chris 的生日派对，王念慈跟她的女儿年年到场，只是这一年他们家赴美奔丧，否则陈匀娴理应在那时就会见过王念慈。

每个星期四，送完小孩去学校，女人们移驾到深岚。陈匀娴是新人，她很少说话，多是交出自己的耳朵，扮演倾听的角色，唯独在梁家绮邀请她发言时，才小心地答几句。

她有些意外的是，这么做，她也甘愿。有时被问起，"匀娴，不好意思，我们好像说了太多自己的事情，你会不会觉得我们很聒噪啊？"她必定是用力摇头，"不，我一点也不觉得。"之后，她会不着痕迹地把焦点又绕回去，从断掉的地方接上去，再恢复安静。

陈匀娴得招认，她是真心喜欢听这些女人说话。喜欢她们说话时那训练有素的高傲；喜欢她们以漫不经心的语气讨论着精品；喜欢她们讨论是否换掉家中那盏三十几万的壁灯时，理由只是因为看腻了；喜欢她们说，古驰的铅笔盒好可爱。在此之前，她甚至不知道古驰有出文具。

财富不一定能延续青春，但财富可以延续青春的感受。听她们说话时，陈匀娴觉得自己好像年轻了十岁，十八九岁的女孩，相较于烦恼，更喜欢叙说自己的欲望与匮乏。

她才入了深岚没多久，就被王念慈来了一场震撼教育。

一回，讲到媒体对于贵妇的一知半解，王念慈似乎酝酿已久，只见她翻了个白眼，轻蔑地骂："一堆人以为贵妇们成天就是吃早午餐，做医美手术，然后去精品店挑礼物？那只是她们愿意让常民看到的部分，台面下，她们要经营的事情太多了。财富、权力、名声、关系，睁开眼睛，就是这四件事。比柴米油盐酱醋茶难多了！不能只是送礼，还要送进对方心坎里，平日就得观察对方喜欢什么。办聚餐，可以邀请哪些人、不能邀请哪些人，邀请了小刘，就不能找小李，找了小李，却忘记小孙，那就完蛋了。丈夫的事业，子女的课业，这些，全部、所有，都是她们得顾虑的。你以为她们没有工作？大错特错，上流社会的女人，就是最具有挑战的全职工作。"

这不是王念慈最精彩的表现，陈匀娴更喜欢有一回，众人们在讨论铂金包的收藏。苏若兰提到，选对了颜色，日后可以增值的。王念慈淡淡地说："为了那一点差价，还要看颜色特殊不特殊，未免也太累了吧。会买铂金包，不就是出于喜爱，觉得这包好看吗？"这话题似乎让拥包无数的王念慈起了劲，她更进一步说了下去："为什么买包呢？因为我们肤浅？因为我们爱慕虚荣？因为我们觉得这些名牌的手工特别精致，衬得起我们的身价？也许都对。可是这些说法，都没有谈到重点——像我们这种人，一天到晚有人靠近我们，不就是图我们的钱，图我们的人脉？既然如此，怎不干脆把感情奉献给包包呢？包包不会骗我们的。跟人相处多累！把包包跟鞋子一个个拿出来，排列，欣赏，保养，会累吗？不会，只会越来越开心。我曾被一个不熟的穷朋友笑过，我这么恋物，根本可悲，我笑回去，我跟他说，跑去把希望放在别人身上的人，才是真的可悲。"

美哉斯言，陈匀娴瞠大了眼，在心底为王念慈用力鼓掌。

寻常人会发生的灾厄，这些女人也无法幸免，老公外遇、夫家有人坐过牢、公婆过度干预小家庭，或是娘家的亲戚想要攀附、利用关系，诸如此类的问题，也可以从她们的谈话中找着。可是，出于某种猎奇的心态，这些人说起来情节特别动听：公公成了中古世纪中顽劣领主一般的存在，娘家的母亲则如同仙度瑞拉^①的后母，叙事者——也就是这些固定参加深岚的女性——则是那才智双全的女主角，得审慎运用她们的善良跟智慧，斩除通往幸福道路上的蓊郁荆棘。

陈匀娴钻研过，为什么这些平常人只能拿来抱怨的素材，在她们口中竟成了一个又一个让人兴致盎然的传奇？就因为这些人家财万贯吗？很可能这就是解答。八卦小报捕风捉影的豪门恩怨，拆开来看，也不过是些八点档的琐碎破事，为什么人们却如此爱看爱听？

这正是上流社会让人挤破了头也想进入的主因吧？一样的痛

---

① 童话故事里灰姑娘的名字。

苦，由拿着铂金包的人脱口而出，就是不同凡响。还有一点，观赏这些上流社会的丑陋与不安，对于平常人而言，具备不容小觑的疗愈效果：看啊，有钱有什么用，还不是跟我一样？

差别可大了，陈匀娴现在懂了，至少他们离婚的消息是能上新闻的。

偶尔，陈匀娴也会觉得，这些女人好荒谬。

一次聚会，王念慈跟苏若兰谈及她们都曾经送小孩去参加一个所费不赀的夏令营。宜兰，十天九夜，课程内容强调亲近大自然，以及让小孩趁机学会独立。

说到一半，苏若兰拿出手机，一张张照片刷给大家看。

"你看，这天是户外探索，带小孩去爬山、认识昆虫。"

"这一张是下田插秧，让他们知道农夫有多辛苦，哈、你们看，我女儿戴斗笠的样子，是不是很可爱？她本来想把这斗笠带回家，我不肯，我说不知道要放哪儿。"

其他人看得兴致盎然，不住点头，显得陈匀娴格外不解风情。她不懂，这不正是她的家乡处处可见的风情吗？何必要付一大笔钱，只为了让孩子模拟当地人看腻也过腻的生活？在陈匀娴的老家，不远处是叔公的田，叔公在上头种了一些地瓜和菜叶。若她跟叔公提议，我把小孩送来这里，你就教他们怎么拔地瓜，一天，一个小孩算一千，你要吗？

叔公一定会咧嘴而笑：当然要啊，可是哪来这么傻的人？

171

啫，眼前这里至少两个，愿意花钱送孩子去"感受"生活的"傻人"。

◆

这天散会，陈匀娴跟梁家绮走出深岚，梁家绮提议一起到百货公司底下的超级市场买现成的晚餐，她有点懒散，不想煮饭。梁家绮把两盒八百八十元的寿司放进推车里，陈匀娴只买了一些蔬菜，她打定主意，跟梁家绮分散后，再独自前往住家附近的连锁超市。从前有工作时，或许是出于补偿心态，很舍得花钱在饮食上，今非昔比，她得省着点用。

两人要分开之前，梁家绮把一盒寿司递给了陈匀娴。

"这盒你拿去，我们家吃不完一盒。"

陈匀娴没有推拒，浅浅一笑，说："哦，谢谢，家绮你真是体贴。"

这点是深岚教给她的道理。苏若兰为了夫家的投资风暴而过着天昏地暗的日子时，王念慈出了机票跟五星级饭店的住宿，要她带着陈馨语去散散心，顺便躲避那些虎视眈眈的媒体。苏若兰提起这件事时，语气平和，仿佛不认为这是多么大的恩惠。陈匀娴起初以为，只有苏若兰这样"不识好歹"，直至其他成员讲到一些慷慨的赠礼时，语气也是这样，不冷不热，波澜不兴，她才后知后觉，她若要彻底融入深岚的氛围，就得学会这种默契。

要练习把许多事都视为理所当然，别人理所当然地要对你好，你理所当然会得到三四千元的礼物。记住，不要瞪大眼，不要吸一大口气，发出受宠若惊的赞叹，这样不会让别人更喜欢你，相反，只会觉得你很卑微。要像苏若兰，甚至梁家绮那样，轻轻拉开嘴角，点个头，说句感谢，就这样，不能更多。

几小时后，陈匀娴去接儿子回家。

本想告知晚餐有高级的寿司，看到儿子双眼泛红，嘴巴下垂，她改口。

"怎么啦？怎么看起来这么不开心？"

"……"杨培宸欲言又止，脸上的不悦之气更加厚重。

"你在想什么，可以直说啊？怎么了，是有人欺负你吗？"

"不是。"

"那到底是怎么了？"

"妈妈，你是不是忘记我的生日快到了？"

"不是还有一个月吗？"

"那就表示快到了。你有想好要怎么帮我庆祝吗？"

"什么意思？不就是跟以前一样，买比萨吃炸鸡，去百货公司挑礼物？"

杨培宸绝望地深吐一口气，"我才不要这样。"

"那你要什么？之前也不是这样子吗？"

"之前是之前，现在是现在，"杨培宸气恼得眼眶泛红，"我要像Chris那样办派对。"

陈匀娴顿了半晌，总算明白了儿子在执拗什么。

"我们不可能邀请别人来我们家里的。"

"为什么不可以？Chris 家就可以啊。"

"哎呀——"陈匀娴也上火了，"你很任性耶，也不想一下 Chris 家多大，我们家只有人家的一半不到，怎么塞得下你的同学？假设他们又带了阿姨，不是更挤吗？"

"那你帮我找一个地方好不好？"

"你这个吃米不知米价的，你以为包一个场地很便宜？"

"我不管，别人有庆生派对，我也要有。"

陈匀娴瞪着杨培宸，寒着声警告，"不要这么不体贴好不好。"

"那为什么其他人都有，只有我没有？"

"现在，你马上给我进房间去念书，在我说你可以出来之前，你都不可以出来。"

陈匀娴的食指直直地指向杨培宸的房门。

杨培宸无法应付母亲突如其来的怒火，他吼出两条鼻涕，"我最讨厌你了！"

杨培宸一离开视线，陈匀娴瘫软在椅子上，给自己倒了一杯水。她心底雪亮，杨培宸才是对的。无论是在松仁小学，还是在深岚，大家都抱怨过给孩子们张罗生日派对的痛苦。她们在意的并不是预算，而是如何惊艳全场。梁家绮说过，去年她找了一位折气球的老师，任孩子们指定他们想要的动物，孩子们兴奋得尖叫，叫声又高又长，事后她头痛了好几天，今年索性回归平素简单，把经费都花在食材上。

"好险你今年放过大家，折气球那一次，小孩回到家之后，都在抱怨为什么他们的生日派对这么无聊，不像 Chris 的这么好玩。"梁家绮话语未落，王念慈即半开玩笑地糗她。

"你好意思说人家，"苏若兰紧跟着接上话题，"你今年还不是租了一台拍贴机？"

租拍贴机要价一万五，加上一位协助操作的人员是一万八。

"没办法啊，气球的点子被 Kat 拿走了，输人不输阵嘛。"王念慈笑了笑说道。

那时，也忘了是谁想到，问了陈匀娴："那你呢，你打算怎么给孩子过生日？"

陈匀娴身子一僵，没准备好要回答这个棘手的难题。

"先别说这个了，过年要到了，大家有什么私房景点吗？我先说，我再也不想去环球影城了，连续三年，我都因为排队的事情跟 Chris 吵架。我告诉他，今年反正就是听我的，而我只想待在台湾。"见到陈匀娴的豫色，梁家绮给她解了围。

陈匀娴知道，即使有梁家绮挡下，这个问题依旧会找上门来。她绝不可能让别人踏进她的家门，她的家跟梁家绮的比起来，又窄又乱。不过，花个五六万去包下一个场地，她也做不到。头皮绷得像是戴了太紧的发箍时，玄关传来门把被转动的声音。杨定国弯腰脱鞋，视线跟妻子的对上，他很快地嗅闻到空气中的火药味，迟了两三秒，方略带讨好的语气问道："儿子呢？"

"在房间里读书。"

"晚餐吃了吗？"

"我在准备，他说不想吃。"

"是这样子啊。"他接受了这项信息，没再多问。

为了舒缓气氛，他碎念起时常光顾的小吃店，近日贴上了一张红底黑字的标语，写着"因应租金上涨，多数品项涨五到十元"。杨定国坐下，抬脚抠着破裂的指甲，发起牢骚："今天结账，比平常多了二十，一个月若吃十天，就是两百，看来得少喝手摇饮料了。"

"我想要跟你商量一件事，儿子的生日，我打算给他办一个派对。"

"哦，好啊，只是……"杨定国环视了一下家里的环境，尴尬地笑了，"不知他的同学们进来我们家，会不会觉得太小。"话说到一半，他哀喊了一声，"啊，流血了！……"

"我不打算让他的同学进到我们的家，我想要在外面包一个场地。"

"哪来的场地？"

"我都查过了。有一家，在士林区，儿子生日的那个周末，他们的时段还没被订走，一万二，包含场地布置，像是彩绘跟折气球，还有二十人份左右的餐点，若再加四千元，他们会依照我们设定的主题来布置，这部分我还在考虑，因为培宸从小到大，最爱的就是'美国队长'。"

"加起来不就是一万六？"杨定国双眼发直，"花一万六办一场派对，我宁愿买一台 iPad 给他。不行，我不能接受，你别把儿子宠坏了。他今年才小一，照这个趋势，到小六，不就要花上三四万才能解决？"

"你不能只想到价钱，要想到价值啊！"情急的陈匀娴，率先想起苏若兰的口头禅。

"对我们大人来说，过生日确实没什么好稀罕的，可是培宸还是小孩，过生日对他而言比什么都重要。给孩子留下一个难得的回忆，一万六并不贵！"

"非要花到一万六，才能让孩子留下一个难得的回忆？"

杨定国立场坚定，他看着陈匀娴，似乎觉得妻子的想法不可理喻。

"可是儿子会跟 Chris 比较啊，Chris 有生日派对，为什么他没有？"

"这是教育机会，你要趁这个机会告诉他，不是每个人都可以过得像 Chris 这么好。我不相信松仁小学所有的学生家长，都愿意出一万六给他们的小孩办生日派对。"

杨定国于情于理都占到了制高点，陈匀娴一时半刻反驳不了丈夫。

"哪，说实在的，你若什么事都要照他们的办，不只你会很辛苦，我也会很辛苦。"

杨定国转了转僵硬的脖子，发出干涩的声响，他坐在办公室的时间太长，影响了身体。

陈匀娴发现自己始终呆站着，她在餐桌前坐下。

他们是他们，我们是我们，这句话是否指涉了杨定国不打算模糊掉两者之间的界线？陈匀娴的视线穿透了丈夫，焦点定在丈夫背后的墙上。是谁昨天又不使用电蚊拍打蚊子？蚊子的残尸黏在上头，还带着一点脏血，看了好碍眼。

"我不给儿子办，她们会觉得我不够用心。"

"她们是指谁？"

"很多人。"

"培宸班上所有的学生，都有办生日派对吗？"

"不一定，可是比较活跃的学生，几乎都有办。"

陈匀娴扁着嘴，委屈如海潮般刷洗着她的心房。她够精打细算了！若不指定主题，只要一万二，就算一万六好了，充其量是王念慈租一台拍贴机，还不包括工作人员的费用。

"小娴，我实在无法答应你，这太荒唐了。"杨定国烦躁地抓起头发，指尖跟头皮摩擦出让人起鸡皮疙瘩的声响，"认识一些跟我们比较相近的妈妈吧。我不想要在外拼命工作，回来还要应付一堆以前没有的需求。"

"好，你不帮忙没关系，我可以用我自己的存款。"

"那不是相同的道理吗！钱要花在刀刃上，你为什么就是不能放弃这个念头？"

"我不想要被其他的妈妈觉得我跟她们不一样。"

杨定国注视着妻子紧握的双手，在那复杂难解的表情中，陈匀娴能辨识出里头带着同情与困惑。她伤心地想，啊，终于说出来了，她还是想成为她们。跟多年前一样，她没变，还是那副德行，以为可以变成跟过去的自己截然不同的人，像陈亮颖那样，或者更好。

"哎。我现在无法跟你沟通了，你完全没有听进我的话。"

"把儿子叫出来吃饭吧。"杨定国手放在膝上。

"那生日派对的事呢？"

"你要不要冷静一下，再来跟我讨论这个问题？"

直到预定的截止日，陈匀娴还是没有取得杨定国的同意，她注视着那行数字，久久提不起打电话的勇气，她可以一意孤行，可是她也不想违背丈夫的想法。

◆

第三次段考，也是最后一次考试。

因寒假来临，王念慈提出一同去香港的想法。这并非她第一

179

次开团，深岚多数的成员，已跟着王念慈去过了香港、大阪、东京、冲绳。梁家绮率先表态，她不跟，香港她情愿跟着姐妹前往，带着一个小孩，做什么事都不爽快。她一这么说，给了陈匀娴台阶下，陈匀娴也说明她近日脚底有些发炎，医生说不宜久行。

散会之后，陈匀娴打算先回家，梁家绮唤住了她。

"匀娴，你的脚还好吗？"

"啊，还好，还好，只是不太能走，走久了会痛。"

"需要我给你一些药布吗？上次去日本时买了一堆，也没真的用到。"

"没关系啦。"

"对了，匀娴，有一件事，不知方不方便现在讲……"

"怎么了吗？家绮，有什么事情都可以找我商量的。"

"是这样子的，有件事，想来想去，只有你能帮忙了。对了，你千万不要把这件事告诉Steven喔。"

有一道暖流经过陈匀娴的心，被需要的感觉原来这么温暖。总有一次，她成了供给者，梁家绮成了需求者。她虽无意过分解读，心底却有无数个气泡往上冒，胀满了她的胸腔。

梁家绮把她带到一个更宁静的角落，确认四下无人，才开了口。

"匀娴，首先要跟你讲一声恭喜，刚才艾老师通知我，这一次段考，你们家培宸考得很理想，可是，我家的Chris，我给他请了一小时一千的家教，还是考差了。"

"啊，真是遗憾。"

"也许我不该提出这个想法，可是，Chris 这次的成绩，实在让我无法跟我婆婆交代……这孩子也不知是怎么了，Ted 跟我都还算是会读书的人，但是 Chris 从小，学东西就是比较慢。我婆婆对这孙子不是很满意，说跟 Ted 小时候差好多……"

说着说着，梁家绮竟抬手，朝发红的脸扇了扇风，而她的眼角带湿。

一根刺轻轻戳进了陈匀娴志得意满的胸窝，有些气缓缓地泄出。她很想吐出一些安慰的词语，嘴巴张了又关，不知是无言以对，还是怕说出后悔莫及的话。梁家绮要她帮什么忙？

陈匀娴动弹不得，只能一再呼吸。

"匀娴，可不可以让 Chris 这次段考的一些科目，跟培宸对调？"

"这，这要如何对调？"

"我已经跟导师那边谈好了，她会帮我们做这件事。"

陈匀娴惊恐地意识到梁家绮使用的词：我们。

"一定要用对调的方式吗？"

"对，因为导师说，班平均已经送出去了……"

"有哪些科目要对调？"

"语文跟数学，就这两科，培宸是九十七跟九十五，Chris是语文七十九，数学八十。"

"我，我可能得跟培宸商量一下，他很用心准备，我先生也很在意分数，他告诉培宸，若培宸这次考试有维持在前三名，我们会买一台 iPad 给他，培宸为了 iPad，每天都很认真。"

"不如这样好了，培宸要的是 iPad 对吧？那我买一台最新的给他。"

"这，我还是得再……"冷汗沿着额际滑落，要说服梁家绮，远比说服叶德仪困难，理由很简单，她能够站在这里，所有的所有，都来自于蔡家的慷慨。

"匀娴，你还在考虑什么？"

陈匀娴惊愕地注视着梁家绮，"还在"？

梁家绮为什么如此坚信她一定会答应？

因为学期一开始，蔡家就汇了三十万进来？

"若 iPad 不够，这样好了，通常暑假王念慈会送小孩去加州参加夏令营，她在那儿有亲戚，今年我打算让 Chris 也一起去，培宸也去的话，他的费用我可以负担一半。"

一台 iPad 是两万，美国夏令营的费用，算十万好了。

十二万。一科的价值是六万。

"好的，就这么办吧。只是家绮，出国一直是培宸的梦想，我一跟他开口，他不会忘记的。我的意思是，你确定夏令营的事情，是真的会成行吗？我不能给他过多的期待。"

"那当然，就算王念慈那边出了什么差错，我自己也有亲人在加州，没有问题的。匀娴，谢谢你，你解决了我的大麻烦，我真庆幸我有交到你这个好朋友。"

凉意像一条蛇，从脚底一节一节地吞，直上她的脊椎。梁家绮的表情极其温柔、包容，她一直是个人见人爱的女人。照理说，梁家绮的笑容会蚀掉她翻腾的不安，这一次却失效了，陈匀娴自问：我在恐惧些什么？拥有这种微笑的女人，不会让我坠入深渊吧……

◆

杨培宸的反弹远比陈匀娴预想的剧烈。讲没几分钟，他已开始落泪。

"为什么要交换成绩？我跟 Jonathan 打赌了，这一次我数学还是会赢他。"

"你听我说，"陈匀娴架着儿子瘦小的肩膀，"妈妈现在很需要你的帮忙。"

"不要！我不要听！"杨培宸扭动身体，试图挣脱。

"你不要这么任性，帮妈妈一次，也帮你自己一次好不好？！"

陈匀娴很少对杨培宸大吼，因此，她的咆哮发挥了良好的效果。

杨培宸停止挣扎，睁着眼愣愣地看着母亲。给他这么一注视，罪恶感如大浪袭来，淹过了陈匀娴的理智。杨培宸没有做错任何事情，考出高分的人是他，妄下主张的人是你。她想安抚受到惊吓的儿子，也几乎要伸出手了……不，不行，目的尚未达成。

"你乖，听妈妈说，你跟 Chris 在学校是好朋友吧？"

她胸有成竹地以为杨培宸会给出一个肯定的答复，没想到杨培宸没有马上作答，只是注视着地板，好像那里藏了些什么吸引了他的目光。从小到大，这是他闪躲问题的方式。陈匀娴一愕，没想过儿子的反应竟是这样。她仿佛在一艘船上，还没补好一个破洞，又寻觅到第二个破洞。

"培宸，你怎么不说话？你跟 Chris 怎么了吗？"

杨培宸嘴巴抿了又张，张了又抿。

"妈妈，我觉得，Chris 他有时候讲话很过分。"

"他怎么讲话？"

"他跟全班说，James 爸爸是给我爸爸做事的，是我爸爸的手下。"

"培宸，这点 Chris 没说错啊，你爸爸确实是 Chris 爸爸的手下啊。"

"才不只这样！"杨培宸握紧双拳，满脸通红，"前几天，他还说，我可以来松仁小学，是他爸爸帮的忙，要不是他爸爸，我原本要去读别的小学。我说他说谎，Chris 还笑了。"

"Chris 真的这样说吗？"

这件事，最有可能告诉 Chris 的，应只有梁家绮。梁家绮为什么要跟儿子讲这些事情？Chris 又为什么要当着众人的面提起？问题接踵而至。陈匀娴难以招架。

"妈妈，我不要跟 Chris 换成绩。我现在没有很喜欢 Chris 了。"

"不然这样好了。我答应你，只要这次你帮这个忙，你可以拿到一台 iPad。"

"iPad？"

"对，因为这个忙是 Chris 爸爸拜托的。"

"那，"杨培宸陷入两难，"一定要换两科吗？可不可以不要换掉我的数学？"

"一定要两科。"

"那我要再考虑一下下。"

"除了 iPad，你这个暑假，可以去美国参加夏令营。"

听到关键词，杨培宸的态度有了明显的软化。他眉头紧锁，似乎在计算着两者的价值。

"培宸，这次段考的成绩，过完年你就忘了。可是，去美国，你想看看，你会留下很多回忆，你不是一直很想出国吗？"

"可是，改成绩，不就是作弊吗……老师会知道的……"

"这部分，Chris 的爸爸很厉害，他会派很厉害的工程师去做这件事，老师不会发现的。只有你、我，还有 Chris 他们会知道这件事，啊，你不可以把这件事跟爸爸说喔。"

"为什么不能告诉爸爸？"

"因为，"陈匀娴扬起一边的眉毛，在脑海中挑选着最适宜的借口，"因为爸爸原本不希望让你得到 iPad 的，我们为了这件事吵架。是我跑去跟 Chris 妈妈拜托的。你如果在爸爸面前提起这件事，他搞不好会没收你的 iPad。"

很多年后，陈匀娴终于有办法，以冷静客观的立场，回头整理起整件事的前因后果。而在记忆播映到她说服杨培宸，参与这个计划时，陈匀娴很想停下来，定格，放大这幅画面。如果说，在哪一个时间点，就能预见到日后会发生"那种事"，那么，就是这一刻了。她答应了梁家绮，她交出了儿子的成绩。她以这样"对儿子最好"为由，忍耐了不正义的发生。

所以，她也不能怪梁家绮利用了这一点。

◆

iPad 送来之后，杨培宸随即把"成绩对调"这件事抛诸脑后，下载了游戏，目不转睛地玩着。杨定国也没有起疑，只是轻描淡写地说：再加油就好了，小学而已。

至于 iPad，陈匀娴有备而来："梁家绮送给儿子的生日礼物。"

杨定国也信了，只碎嘴一句："送这么好，Chris 生日的话，可不要叫我们比照办理。"

"她才不会做这种事，人家对小孩很舍得花钱，不需要我们的帮忙。"

186

认真说起来，最耿耿于怀的实则是陈匀娴自己。她原本料想，过了几天，内心的罪恶感会渐渐散去，偏偏每逢深夜，她总忍不住坐起身来，细想这个交易是否正确，她又是否给儿子做了不良示范。一晚，她辗转难眠，下了床，摸黑进了客厅，冲了一杯热茶。

坐在餐桌前，突然头疼起来。

Chris 的生日派对，像是盒子里头包裹着另一个、又一个、再一个盒子，在拆到最后一个盒子之前，你不会知道里头究竟装着什么。到底是她逮着了万中选一的机会，还是机会逮着了她？

她捧着杯子，走进杨培宸的房间，他睡成大字形，嘴角有一摊干掉的口水。

培宸，你会忘记吧？长大以后，你会忘记我叫你做过这种事吧？

陈匀娴想着想着，地板的凉意从脚底板侵漫。一股疲倦涌上来，可是这股累意却无法带她穿越黑暗的大海，抵达安眠的彼岸。她又猴急地喝了一小口茶，思绪却像是要跟她作对，越来越清明。

◆

寒假匆匆降临，又匆匆结束，在过年的催化下，陈匀娴觉得，寒假过得好快，一下子就结束了。她利用春节，带着杨培宸回云林，陈亮颖也带着小孩回来，见到三个小孩打成一片，陈匀娴心头的迷雾有了消散的趋势。她也趁着这个时刻，跟陈亮颖谈了些自己的心事。

她约略讲了一下梁家绮、汪宜芬、张沛恩、班上的群组，和一些深岚聚会中，不同妈妈的想法。她也刻意地避掉了梁家绮找她调换成绩的过程，她怕姐姐会因此看轻自己。

"你们这些妈妈们，根本是在彼此陷害啊！"

"怎么说？"

"你们根本是在互相逼来逼去啊，你把儿子带去迪士尼，那我也要把我儿子带去环球。你的儿子请英文家教，一小时八百，我就要请一小时一千的。你不觉得，本来大家都好好的，听这些东西听久了，脑袋都要不正常了。我就没想这么多，把小孩送去学校，按时接送，班级的群组我也有加，可是偶尔看看，有时就放着信息一直弹出来。"

"可是，在我们这儿，你不参与，就会被拿来评说啊……"

"那是因为你们那边都是一群奇葩啊……整天在那边担心小孩子出来没有竞争力，什么都要给小孩最好的，如果自己无法给到最好，就神经兮兮，怪自己不够力，像你现在这样。"

陈亮颖与她的丈夫，对于教养的想法很一致：若孩子表现出对于读书的天赋，他们义不容辞，全力栽培，偏偏两个小孩对读书都没有兴趣。他们也不打算强逼孩子。陈亮颖认为，再怎么不济，日后送去国外，淘个学历便是。之前，陈匀娴很受不了陈亮颖这种消极的教养方针，现在，她反倒羡慕起姐姐，姐姐看起来比她逍遥许多。但，她也知道，自己短时间内不可能从这场紧张刺激的赛局上退下，她不觉得自己会输，也不想投降。

回到台北，也许是跟陈亮颖谈过，陈匀娴感到有新的能量进驻了内心。

三月初，梁家绮告知她，一位米其林大厨受邀来台，在某间知名饭店担任一个月的驻店客座主厨，王念慈透过层层关系，请该位大厨在回国前，举办一场保密到家的私厨课程。

"念慈给我两个名额，匀娴，你要一起来吗？"

王念慈没有直接邀请她，陈匀娴有点介意，但她一下子便释怀了。她跟王念慈才认识不久，况且，梁家绮不是马上想到她了吗？她未多加考虑，立即答应。

她上网查了一下那位大厨的来历，以及当日所示范的四道料理的食材，她找来一张纸，抄下部分食材的名字，不希望自己在当天看起来一无所知。

当天，梁家绮带了阿梅来，她不是唯一一个带着阿姨的人，包括梁家绮，总共有五个人。阿梅站在梁家绮跟陈匀娴的中间，很专注地看着主厨的手势，不时点头，仿佛有所领悟，梁家绮跟苏若兰挨着肩，苏若兰也带了家中的阿姨，跟阿梅一样，那名看起来不超过三十岁的女子，嘴巴念念有词，小幅度地临摹着。陈匀娴感到困窘，她不想要跟阿梅站得太近，她内心还是觉得自己跟阿梅的地位不同，但她也不想放过跟名厨学习的机会。她考虑

189

再三，往左移动，跟阿梅保持距离，又能听到梁家绮与苏若兰的对话。

教学进行到北非小米色拉时，她听到苏若兰问道：

"Chris 这一次考得很好，你换过这么多家教，Chris 终于开窍了。"

"对啊。"微乎其微地，梁家绮颤抖了一下。陈匀娴注意到了。

她缩紧屁股，全神贯注地高竖起耳朵，生怕没听清楚。

"Chris 的家教，还是之前那个台大的吗？"

"对。"梁家绮猛然走上前，贴在阿梅的身边，说了一些悄悄话。

"我怕阿梅这里没听清楚，跟她提醒一下。"

解释完自己突然的行动之后，梁家绮四顾张望，这个话题似乎让她心神不宁。可惜的是，苏若兰没有接收到这个信息，她把嘴高高噘起，"Kat，把那个家教电话给我吧。"

"啊？"梁家绮故作没听懂。

"这学期，馨语的成绩要上不上的，我婆婆没说什么，可是我压力好大。给她上小提琴课，老师也说她没什么天分，我很怕再这样下去，等到肇宇满三岁，我婆婆会不放人。"

肇宇是苏若兰的儿子，刚满三岁，跟祖父母住在一起。

一次深岚聚会上，聊到婚前打算生几个小孩，婚后实际又生了几个小孩时，苏若兰抚着脸，若有所思地说了一句："即使生了两个，也好像只有一个。"

那次聚会她看起来非常疲倦且温柔，所有人都不忍心问她这句话实际上是什么意思。梁家绮悄悄告诉陈匀娴，苏若兰的丈夫是独子，有两个姐姐、一个妹妹。肇宇是独孙，一出生，就在祖父母的坚持下，接了过去。苏若兰打算再生一个小孩，最好是儿子，丈夫的双亲虽未明示，言语中却埋藏着人丁兴旺的想法。陈匀娴听了之后，对于苏若兰涌起一股前所未有的同情，她得诚实地说，过去，她总是觉得苏若兰好聒噪，有时候接话也文不对题，给人一种只是为了说话而说话的感觉。在懂了苏若兰深一层的故事之后，陈匀娴想：除了身价，我们其实都一样。我们都为了巩固目前的身份而在薄冰上小心前进。

梁家绮展现出对这话题很冷感的模样，她紧抱着双臂，脚的重心换了又换。

"那个老师好像课都排满了，连我们有时要调课都很难。"

"哦，是吗？真可惜啊……"苏若兰露出令人揪心的笑容。

"我想说，再给馨语换个家教看看好了。"

主厨在示范如何处理鲈鱼了，陈匀娴眯起眼睛，看着那双体毛旺盛的手，在鱼的两侧划上斜口，一、二、三，他划了三道，那双握着刀的手，若使出全劲，应该也可以轻松地刺入人体深处吧，但他对待鱼的方式，却洋溢着某种坚定的温柔。盐与胡椒，和着柠檬的香气，刺激着鼻间，她搓了搓双手，冷气有些太强了，即使没听清楚翻译在说什么，她还是热切地点了点头。

苏若兰仍忧郁着，她歪着脖颈，又开口了。

"Kat，那这次Ted有没有很开心？数学这么好，有些像他哦。"

梁家绮双眼直视前方，语调平淡："还好，只是小一而已，他没有很在意。"

"就说吧，我要回去跟我老公说，他给馨语太多的压力了。"

王念慈像个风纪股长①，一双眼来回扫视，确定大家够投入。

她看到了这里的动静，立即走过来，把食指伸直，放在嘴唇正中间，以气音开口。

"你们专心看啦，不要一直聊天。我花了那么多钱，才请来这位天才大厨。"

陈匀娴飞快瞄了一眼梁家绮的神情，王念慈的介入显然让梁家绮如释重负，她放下了紧紧圈着手臂的双手，陈匀娴可以感受到，衣服底下的柔嫩肌肤想必有浅浅的紫痕。

陈匀娴很庆幸，自己有目击到这个场景。

她想，梁家绮比我更痛苦吧，若这是一场犯罪行为，梁家绮才是主要下手的那个人，而我，不过是共犯。再说了，导师也有不对，她一定是被梁家绮用什么手段给收买了，才铤而走险做出此事。若哪日东窗事发，她至少有梁家绮跟导师顶着。

思及此，陈匀娴又将注意力放回主厨上，后者正豪迈地将一

———————————

① 管理年级作风及各项纪律的人。

大匙橄榄油淋在鲈鱼表面上，她听到有些细碎的耳语说：真可怕，实在太胖了。

跟男主人相反，女主人是不能胖的，胖的女主人会给人一种贫困的错觉。

课程结束，陈匀娴拿出手机，打算联络杨定国，询问是否需要她带点食物回去。她在教室内享用了大师的手艺，吃得肠胃鼓鼓的。她右手传着信息，左手还意犹未尽地以肚脐为圆心轻轻按压着，思念着西红柿冷汤的余韵。她跟梁家绮挥手致意，以为梁家绮会直接回家，没想到梁家绮凑了过来，压着声音问："你待会儿要直接回家吗？要不要找个地方聊一下？"

陈匀娴赶紧放弃输入到一半的信息，重新打字："今天晚餐自理，Ted 老婆找我。"

铃声很快响起，"知道了，别担心。"

台北的街头下起了小雨。梁家绮把陈匀娴拉入骑楼内。"搞定了吗？"

"搞定了，我猜他会带培宸去吃炸鸡吧。"

"我们在这儿等一下吧，司机先载阿梅回去，待会儿再来接我们。"

陈匀娴伸出手掌，体会雨势的强度。

"真好，如果是我家，我老公才不觉得他有义务帮忙。"

"蔡董（董事长）要处理公司的事，没办法抽空处理小孩的事，好像也可以理解。"

"不，并不是这样的。怎么说呢，Ted 对于 Chris……不是外人想象的那样。很多人也是公司的事很忙，但他们也很愿意花时间在家庭上。可是 Ted……"

陈匀娴心弦一紧。学生时期，只要站在讲台上的老师以这种反复斟酌、欲言又止的方式说话，班上的同学再怎么不情愿，也会识趣地降低音量。这通常表示，待会儿从老师口中吐出的话语，一定比平常真实，而真实的言语，往往比有道理的言语，更吸引人。

"太复杂了，一言难尽，以后有空的时候再说好了。"

"没关系，你想说的时候再说就好了。只是，我想说，Chris是独子……"

"独子又怎样……就会比较疼吗？大家都是这样想的吧！"

在陈匀娴即将要看到隐在话语底下的真相时，梁家绮高呼一声，"啊，车来了。"她顺着梁家绮的手势望过去，司机摇下车窗，用力地挥手。路边画了红线，车潮又湍急，他根本无法停靠在路边。梁家绮提议她们冒雨而过，两人冲入车内时，头发与衣服上笼着一层水汽。

"夫人晚安，陈女士晚安。"

"王伯，Ted 晚上去哪儿了？"

"先生去晶华酒店了，他的大学朋友从美国回来。"

越是跟梁家绮接触，有件事便越是鲜明：梁家绮跟蔡万德相敬如宾。她老是得透过中间第三人，才能确定蔡万德的行程。起初，梁家绮还不想让陈匀娴看到这一面，随着两人熟识，她变得不在意，陈匀娴也渐渐知晓了这对夫妻并未若表面上亲密。

一坐定，梁家绮等不及发起牢骚。

"苏若兰真是不懂得看场合，这个私厨课程，她也知道王念慈是拉了一堆关系才争取到的。她也不认真上课，给王念慈做点面子。王念慈这个人很简单的，就是要人哄她。"

陈匀娴看着梁家绮，梁家绮很少在她面前表达负面情绪。

"她找我说话时，王念慈已经用眼神示意好几次了，她也有看到，还是自顾自地要拉我说话。我待会儿传一封信息给念慈，讲一下好了，以免念慈觉得我辜负了她的好意。"

"我刚刚也觉得，苏若兰这样不太好，我有好几次都听不清楚翻译在说什么。"

"对吧，我也这样想。哎、想想她也是很辛苦，她的公婆不太喜欢她。"

"为什么？她人长得这么好看，学历又好。"

"这些都没什么用，漂亮又会读书的女生多的是。苏若兰在跟陈云祥结婚前，陈家有拿他们两个的八字去给他们相信的老师算。老师说，这个女生不会旺夫家。陈老太太就很反对他们两个结婚，可是苏若兰很聪明，她知道陈老太太不喜欢她之后，你知道她怎么做吗？她没哭也没闹，只是告诉陈云祥，不管他做什么选择，她都会接受。陈云祥那种从小到大只会乖乖读书的书呆子，怎么有办法承受这种迷汤？他回家跟父母吵了一架，硬是把苏若兰娶进门了。"

梁家绮哼了一声，眉宇间净是不屑。

"强摘的果实不会甜。苏若兰好不容易生下儿子，就要靠着儿子洗白的时候，陈家的资金就出问题了。所以，陈老太太对外都说，算命老师说得很灵，她儿子娶错人了。"

陈匀娴半知半解地观察着梁家绮狰狞的五官，她不觉得苏若兰有哪里得罪到梁家绮，为什么梁家绮的反应要如此激烈呢？她利用眼角余光，看了司机一眼，他像是早已习惯了这种场合，面无表情地紧盯着前方车流。司机跟着蔡家这么多年了，想必也听过不少值得喂给媒体的消息……

陈匀娴想到一半，车子已停妥在路边，梁家绮指定的私房咖啡厅。陈匀娴一下车，定睛一看，一道落雷狠狠地往脑门直劈。这是叶德仪最爱的咖啡厅。

此时此刻，叶德仪人在里面，她跷着脚，挂着笨重的粗框眼镜，盯着眼前的苹果笔记本电脑。

陈匀娴双脚疲软，她怎么会没想到这点，叶德仪跟梁家绮住的小区，不超过三百米。两人都是愿意花大钱享受单品咖啡的人。钟情同一家咖啡厅，在情理之内。

陈匀娴定格在原地，无法再往前一步，她低下头，以左手挡住脸。

"匀娴，怎么了？"

"家绮，我，我突然想到，家里还有事……"

"发生什么事了？要我打电话给司机载你回家吗？"

两人在门口的动静，吸引了店内部分顾客的注意力，有些人缓缓转过身，面对着门，叶德仪的嘴角扯开弧线，眼中闪现见到猎物般的兴奋，大步地朝着两人的方向移动。

不！不要走过来！陈匀娴在心底大叫。

她仓促地转头看着梁家绮，刹那间不知要如何处理这突如其来的危机。

"家绮——你今天也来喝咖啡？"

两人同时别过脸，看向声音的来源。

叶德仪认识梁家绮？

叶德仪眉头聚拢，双眼微眯，鼻子抽了抽，大喊："匀娴，你怎么也在这里？"

"等等，你们两个认识？"现在，换梁家绮一头雾水了。

"匀娴是我以前的下属。"叶德仪率先发言，想找回对话的节奏。

"这么巧？"梁家绮略微惊讶道。

"我都不知道你们两个认识。"叶德仪似微笑，又似估量地来回端详着陈匀娴跟梁家绮的互动。

"匀娴的先生在我先生的公司上班，我们两个人的儿子又刚好上同一所小学。不知不觉，我们两个人就走在一块了。"

陈匀娴脸色发白，不敢轻举妄动。

梁家绮捏了捏陈匀娴发凉的双手，紧接着，她打了一通电话给司机，要他立刻回转，回头来接她们。电话一断，梁家绮挺着胸膛，走到叶德仪面前。

"不好意思，因为匀娴身体有些不舒服，我想要先送她回家。"

"啊，好可惜……那，家绮，我上次讲的那档……"

"抱歉，不用了。"

梁家绮扯出一道客气但拒绝意味浓厚的笑容，叶德仪讨好的神情凝结在半空中。

"那要我亲自去拜访蔡董吗？也可以！"

"不，你误会我的意思了。我的意思是，我跟我先生突然有别的规划了。抱歉，你不介意的话，我想先送我的朋友回家休息。"

蔡家的车映入众人的眼帘。梁家绮紧抓着陈匀娴的右臂，两人的身体几乎没有空隙。她开了车门，陈匀娴的身子半推半就地给梁家绮挤入后座。陈匀娴鼓起勇气，往后一望，看见了叶德仪那张因不满而显得加倍沧桑的脸，她既感到害怕，又觉得欣喜。

"家绮，谢谢你！"

"没什么好谢的，你为我做的才多。"梁家绮看向窗外，"反正我本来就不是很喜欢她，我最讨厌认识我之后，还想借由我去认识其他有钱人的人了。她这个人对于市场的判断很有自己的见解，不过，没有好到可以盖掉她的缺点。"

"可是，家绮，你怎么会知道我很怕她？"

梁家绮掩着嘴，像是个年轻女孩般闷笑，"你的表情已经够明显了。"

"我没有跟她正面起冲突过，也不知为什么，她之前无论做什么事情都很针对我。我到跟她共事好几年后，才知道她是……似乎在嫉妒我的身份。"

"什么意思？"

"她好像一直很想结婚，可是，找不到对象吧……到后来，她就很反感那些已婚的女人。她之前曾当着我的面，嘲笑一些客户，嫁入豪门，成天无所事事，只会聚在一起抱怨老公跟小孩。我觉得这种说法很不好，没有很同意她，她发现后，变得更针对我……"

陈匀娴观察着梁家绮一再变化的神情，她得彻底斩断梁家绮对叶德仪的好感，直到从梁家绮身上得到厌恶的情绪，她才卸下从看到叶德仪后悚然竖起的戒心。梁家绮一下子抽气，一下子又摇头做不可置信状。末了，她沿着陈匀娴纤细的肩头轻抚。

"辛苦了，没听你讲，还真不知她原来是这么讨人厌的人。本来想找你好好聊一些心事，被她给坏了心情，我过两天再约你，现在就先送你回家吧。哦，对了，"梁家绮伸手到副驾驶座，把一个纸袋抽到后座来，"匀娴，这个给你，你看看合不合用。"

递到陈匀娴手上，是好几罐功能不同的保养品。从化妆水到精华液，一应俱全。

"我朋友自己开发的，她是'敏感肌'，所以想做出敏感肌也能用的保养品。"

陈匀娴收下了。她有注意到，梁家绮很贪买东西，但似乎不怎么使用买的东西，常常是买了又转送出去。她曾好奇地想问原因，又怕梁家绮觉得她好管闲事。算了，对她来说，有礼物可收，不也是好事一桩吗？

幸福感淡淡地掩住了她，今天真是美好，梁家绮更喜欢她，又品尝了复仇的滋味。从窗外看出去，有些骑着机车的男孩，对着她所置身的空间流露出饥渴的目光，她欣赏起堵塞的台北街道，这台奔驰 S500，是不是有点高调呀？

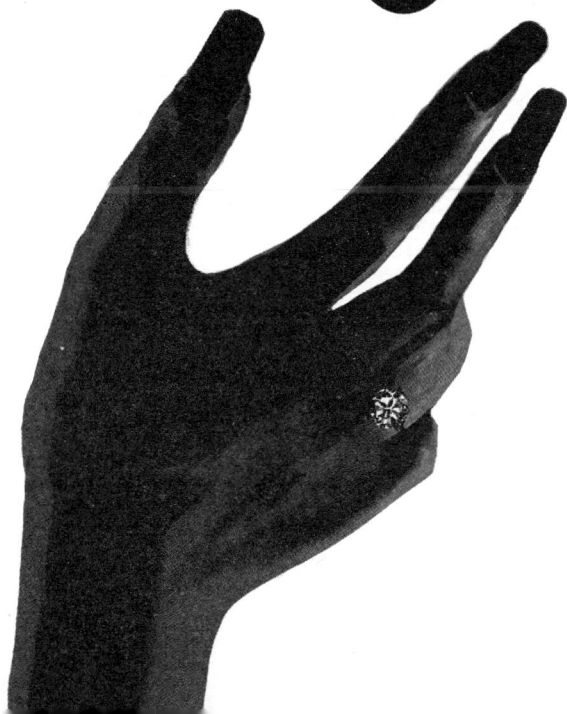

第三部分

◆

那一天，是平凡无奇的一天。

根据气象预报，18℃到26℃，晴。下学期的第一次段考刚结束，看似平静的松仁小学一年级和班，正在为了模范生选举，隐隐流动着竞争的气息。模范生的筛选流程，学期初老师已向大家公布：先由第一次段考表现优异的学生中，依照排名列出十位，再经班上选举，一人一票，找出得票数最高的三位，最后由各科级任课老师选出模范生人选。

上学期的模范生，汪宜芬的儿子在班上选举时，以一票之差屈居第四位。

张沛恩谈到模范生选举，勾起了陈匀娴的好奇心。

"这次的模范生，应该不是Jonathan，就是Chris吧。下午1:33"

"Chris？ 下午 1:35"

"对啊，他们很夸张耶，一个请全班喝了三天的饮料，一个请大家吃炸鸡。下午1:40"

"Chris成绩有这么好吗？下午2:00"

"Shelly说，艾老师说因为Chris在才艺竞赛很认真，所以虽然他不是前十名，这一次破例让他也参加模范生的筛选。下午2:38"

"我问Shelly她选谁，她说Chris，因为Chris会请大家吃炸鸡。下午 2:40"

"这些培宸都没跟我说。等他回来，就知道了！下午 2:45"

杨培宸当然不会主动告知，含糖饮料跟炸鸡，都被列在陈匀娴的禁忌中。他若开口告知，他在家中得到含糖饮料跟炸鸡的机会将大幅缩减，好比说，昨晚陈匀娴就不会让他碰可乐。

陈匀娴维持着跟张沛恩的寒暄，一边驱赶着朵朵飘来的疑云。

梁家绮在她面前，可没有谈过一次模范生选举。谁知她这么在意。

又，为什么杨培宸的票数没有前三名？他的人缘应是不差呀。

陈匀娴放下手机，走到洗衣机前。第二批待洗衣物好了，只有几条毛巾，快洗模式。她轻轻哼着歌，侧身看着外头刺目的阳光，还这么早，却已有了盛夏般的闷热。她把毛巾一条条用小夹子固定住，估计着这样的天气，在她起身去接杨培宸回家之前，该是干了吧。确定洗衣机内空无一物后，她回到了客厅，倒在沙发上，电风扇徐徐送来凉风，她闭上了眼睛，浑然不觉，三公里外的松仁小学内，有场风暴正在酝酿，而她的家庭即将为了这场风暴，付出极大的代价。

◆

艾老师在点名时，发现少了一个学生，林帆香。同学和其他

203

家长不知道的是，她是泽大金控总经理林重洋的宝贝爱女。当初入学时，林重洋特地嘱托，千万不要让人探听到林帆香的背景。林帆香的母亲也相当神秘，在群组内极少发声，若被问及丈夫的职业时，总以"金融业"模糊地带过，林家派来接送林帆香的车辆也很普通，雷克萨斯ES250。林帆香在班上的表现也相当一般，偶尔会有些娇气，但六七岁的小女生，哪一个不娇气呢？艾老师一直暗暗得意，自己在教学上一视同仁，其他孩童们也把林帆香视为平凡，在相处上未有差别待遇。

不祥的预感如蚕，而艾老师的心房沦为桑叶，一点一滴被啃噬。艾老师的脸上有着稚气的雀斑，使她年过三十，还是时常被误认成大学刚毕业的年轻女孩。她在松仁小学任教有九年了，即使她不是很喜欢低年级的学生，还是付出她完整的心力，循循善诱着这些介于人与小动物的存在。

她先从厕所找起。

她呼唤着女孩的小名，"小香，小香……"女孩的母亲都这样喊她，久而久之，她也跟着这么喊，并且发现只要这样称呼林帆香，林帆香会更有意愿回答问题。厕所找不到人，艾老师杵在原地，强迫自己冷静。汗水渗出她的掌心，像是反潮的地板。两个转弯后，她终于在五十米外，学校操场左翼的游乐场，看到了软躺在溜滑梯旁的地板上，意识不清的林帆香。她趋近，鲜血从林帆香的头顶直流，有一根螺丝嵌入了她的头皮，之前为了加强固定摇摇马而设的，摇摇马移走了，底座以及上头的螺丝却还留着。校长说过，打算找一日请人移除，又没有做到。

艾老师不敢移动林帆香的身体，刺眼的鲜红、空气中微甜的铁锈味，还有林帆香像是越来越微弱的身体起伏，艾老师狂奔，跟跄跌入校护室。十二分钟后，救护车抵达松仁小学，刺耳的声音逼得许多上课的小孩转头看向窗外。救护车驶进医院前的专用道时，一台凯宴紧跟在后，上头是林帆香的母亲，她下车时，眼中的冰意，令校护在炎热的气候里，不禁打了个寒战。

"如果小香有个三长两短，我绝对不会饶过你们！"

林帆香很幸运，医生说要是角度再偏移个几度，后果将不堪设想。她身体无大碍，初步观察也没有脑震荡的症状，会失去意识，主要是落地时的撞击，吓坏了。

最主要的问题是，这个伤可能会留下疤痕。

林帆香醒来时，已经不太记得到底自己是怎么摔下去的。可是班上的同学记得一些事情，有同学说，那堂课，有两个人特别晚进教室，他们应该知道些什么。

一个是 Chris，一个是 James。他们是好朋友。

同学们提供的信息，跟林帆香醒来以后告诉父母的线索，不谋而合。她说，在跌下去之前，跟 Chris 和 James 因为使用溜滑梯的顺序而吵架，铃声响了，他们都听见了。林帆香想要插队，她在家中集万千宠爱于一身，她以为这两个男生也会让着她。

林帆香的母亲进一步询问："你想得起来是谁把你推下去的吗？"

林帆香皱眉，摸了摸头上的绷带，她说："我不知道。"

而这四个字导向了杨培宸跟陈匀娴的噩运。

◆

当天下午四点钟，陈匀娴接到了电话，梁家绮打来的。

"匀娴，我跟你说，发生了一件事……我们的小孩闯祸了。"

"怎么了？发生了什么事？"陈匀娴立即清醒，她从沙发上坐起身，面容严肃。

"我们的小孩在玩的时候，把一个小女生从溜滑梯上推下去了。偏偏她爸爸是泽大金控的总经理。现在，对方被送到医院了，伤势没有很严重，只是、可能会破相……"

"泽大金控的总经理？"陈匀娴心头一震，这么显赫的人物原来也是班上家长。

"对，你有印象吗？林帆香，Chantal。我也吓一跳，林家真是深藏不露。我想，不管怎样，我们都得先到医院去致意一下。匀娴，我现在给你医院的地址跟病房的号码，你有办法自己到吗？我的司机会先载我过去。"

"可以，我搭出租车。那……家绮，我们是不是要先去学校，带小孩一起去。毕竟，这是小孩子们闯出来的祸，要致意应该也要由小孩子亲自道歉……"

"对，带小孩一起去。"

"那、那我先去换衣服。"

"好，匀娴，我们待会在病房前会合。"

挂上电话后，陈匀娴三步并作两步地往主卧房冲，先换上九分裤，打了一通电话给杨定国，没接，很可能在开会，她传了一封信息，"看到信息马上回电，儿子在学校闯祸了。"

她急急忙忙地套上外套，抓起钥匙。好不容易进入出租车，陈匀娴心慌意乱地拿出手机，杨定国尚未读取信息，梁家绮也没有更新消息。一到了松仁小学，她看到儿子站在警卫室门口，一脸惨白，奇怪，Chris 呢？莫非梁家绮先到了吗？有可能。陈匀娴跑过去，紧抓着儿子的手，往出租车拽，一喊出医院的地点，她再也克制不了内心狂燃的怒火，问道："到底是发生什么事？为什么你跟 Chris 会把人家给推下去？"

"不，不是我推的……是 Chris……我们在排队，已经要上课了，我前面还有两个人，Chris 在我后面，Chantal 突然跑过来说，她要先下去，我说，你这样是插队，我不要。"

出于激动，杨培宸的脸色蓦地从死白涨成猪肝红，唾液不断从他的嘴角喷出，"我就卡在溜滑梯那儿，不让 Chantal 插队，等到我前面的人下去，我就赶快溜下去，然后往教室跑……"

"然后呢？"陈匀娴不自觉地牢牢握着儿子的手腕。

"我跑到一半，想说为什么 Chris 还没有跟上，又听到砰的声音，就转过去看……"

"你就看到 Chris 把那个女生给推下去了吗？"

"没有，我只有看到 Chantal 躺在地上。"

"那 Chris 那时候在干吗？"

"他看了我一下，就从溜滑梯上滑下来，然后朝我跑过来。我问他说，Chantal 怎么摔下去了？他说是 Chantal 自己要插队，不小心就摔倒了。我想要去看一下 Chantal，Chris 说，我们已经迟到了，再不快点进教室，老师会生气。他继续往前跑，我就跟着他一起跑了。可是我一直很害怕，因为我很怕 Chantal 怎么了。后来老师没有看到 Chantal，就出去找了……"

"那老师有跟你说话吗？"

"有，老师进教室的时候，有问同学，谁最晚进教室，大家就指着我们。老师把我们叫去外面，问说我们知不知道为什么 Chantal 会躺在那边。我就看了一下 Chris……"

"Chris 说什么？"

"他摇摇头，说他没有看到，我们从溜滑梯下来，就回教室了。"

"培宸，我跟你说，你现在一定要对我诚实，我问你，你有没有把 Chantal 给推下去？你老实跟我说、你不要说谎，妈妈知道，你现在可能很怕，"陈匀娴看着儿子的眼睛，母子俩的身躯都在颤抖，"可是，你还是要让我知道，到底发生了什么事情……"

"妈妈，我没有骗你。"杨培宸的眼中瞬间涌入泪水，"我真的没有骗你。"

"不好意思，到了。"司机的声音尖硬地介入。

陈匀娴从袋子中抓出钱包，付了钱。牵着儿子在飘散着药水味的偌大空间中，寻找着林帆香所在的病房号码。她又尝试打了两次电话给梁家绮，一次电话给杨定国，但都没有人接。当她走到病房门外，正疑惑梁家绮为什么还没带着蔡昊谦跟她会合时，有人打开了门，一名穿着散发出淡淡光华的洋装的女子，踩着TOD'S漆皮豆豆鞋。

她看了陈匀娴一眼，又看向杨培宸，在连呼吸声都听不到的寂静之后，女子开了口。

"你就是杨培宸吗？"

"……嗯。"

女子的眼中猛然生起了暴怒。

"你为什么要……"

"不好意思，你女儿……"

陈匀娴急着要安抚女人的情绪。她的"不好意思"，并不是出于自己儿子做错事的歉意，她也相信人不是杨培宸推下去的。她只是想关怀对方女儿的伤势，表达某种同为人母的同理心，可是，一见到女子发抖的双手，她猜自己还是说错话了。陈匀娴觉得水分正急速地从她的嘴唇上蒸发，她想给自己找杯水喝，不远处有一台饮水机，她忍不住看了一眼……

为什么梁家绮还没有出现呢？难道是绕去买了鲜花或者营养品吗？

"你跟你儿子，打算怎么弥补我们？"

"等等，这是个误会……并不是我儿子让你女儿受伤的……"

陈匀娴不由自主地往后退了一步，杨培宸受到牵动，也摇晃地往后移。

"你不要再狡辩了，艾老师说，只有你儿子跟 Chris 最晚进教室，而且刚刚 Kat 打电话给我了，她说，Chris 也吓坏了……只是溜滑梯而已，为什么你儿子会做出这么可怕的事？……"

陈匀娴的喉咙仿佛被一团垃圾塞住，无法吸气，也无法吐气。她薄薄的嘴唇止不住地打战，这是怎么回事？梁家绮打了一通电话给对方，为什么没有事先跟她商量？她又为什么要说这种话？难道真的是杨培宸把Chantal给推下去的吗？她缓缓地扭转脖子，看向杨培宸，杨培宸嘴巴关不起来似的，以一种难看的方式打开着，他嗫嚅地说道："不，不是我……"

女子往前踩了一步，狠狠地推了陈匀娴的肩膀。

一下似乎无法解愤，女子这回伸出双手，更加用力地推了第二次。

"你们母子要怎么赔我？你们现在、给我进去，看看那种伤口，以后要花多少钱，才有办法不留疤，我告诉你，我们家是有律师团队的！你们要是想推卸责任，我才不管你小孩现在几岁，我绝对会想办法把你们送上法庭。"

几米外，一名戴着鸭舌帽的男子，拿起手机。

他调整了一下焦距，按下那颗圆钮，录像。

◆

从医院到回家的路上，陈匀娴打了无数通电话，拜托，家绮，接起来吧，她无助地暗祷着。杨培宸整个被吓坏了，像是灵魂被困在别的地方似的，久久不能回神，一脸失魂落魄地任由妈妈拉着走，到了一个十字路口时，才讷讷地说："妈妈，我真的没有推 Chantal……"

"那为什么 Chris 说你有？"

"我也不知道，真的不是我，我没有推 Chantal。我跟你发誓，妈妈，你要相信我……"

杨培宸的五官拧成一团，陈匀娴弯腰擦拭儿子眼角的泪水。

"妈妈相信你，可是，妈妈也要弄清楚为什么 Chris 会这样说你……"

母子俩心焦地等待着，杨定国一回家，鞋子尚未褪下，陈匀娴激动地穿越客厅，来到丈夫的眼前，她的眼睛严重胀痛，只要眨得太用力，眼泪随时会滚落。

211

她一五一十地交代起，从四点她接到梁家绮的电话，到母子俩离开医院后至今的状况。

杨定国眉心紧拢，握住妻子的手，低语："你保证真的不是培宸做的吗？"

"老公，我相信我们的儿子，如果是他做的，我看得出来的。你可不可以打一通电话给你老板，因为梁家绮不接我的电话，我真的要疯了，到底真相是什么？会不会是对方自己重心不稳？摔下去的？如果是这样的话，为什么 Chris 要说是我们儿子做的……"

"你先不要那么紧张，这很可能是误会。"

"什么误会？对方说要告我们！"

一听到"告"这个字眼，杨定国僵住了，到了这一秒，他才认识到事态的严重性。

两人四目相接时，熟悉的手机铃声穿入两人之间，陈匀娴跟跄地跑到手机前，是陈亮颖打来的，一接通，陈匀娴就听到陈亮颖的尖喊，她下意识抽开了耳朵跟手机的距离。

"妹，我在新闻上看到你跟宸宸了！"

"什么新闻？"

"你快点打开电视，"陈亮颖指示妹妹转到相对应的频道。"那是你们两个吗？"

屏幕上出现了一则标题为"爱女重伤，泽大金控总经理夫人失控推人"的快讯，画面中，即使杨培宸的五官被打上了马赛克，但从陈匀娴的身材与穿着，仍足以让认识的人辨识出他们母子俩。

镜头一切换，泽大金控总经理林重洋短促地表示："因为我太太第一时间，看到女儿的头上被割出一个大伤痕，对方家属又欠缺道歉的诚意，太太一气之下……很抱歉惊动了大家，也请大家体谅做妈妈的，看到小孩受伤成那样很难不失控……"

看到自己被林帆香的母亲奋力一推的画面，在屏幕上反复播映，陈匀娴几乎要晕厥。

"姐，你先让我冷静一下，我晚点再跟你解释。"

陈匀娴气脱委顿地软坐在沙发上，还没想清楚怎么跟丈夫解释，铃声再度响起，这一次，是梁家绮打来。陈匀娴瞪着手机，不敢贸然接起，仿佛一接通就会触动什么爆炸的开关，她捧着手机，直直走到杨定国跟前，站定，以眼神示意杨定国按下收听和扩音键，杨定国严肃地按下，梁家绮一贯冷静的声音钻入两人的耳朵。

她幽幽地说："匀娴，辛苦你了！"

杨定国震惊地注视着陈匀娴，不敢相信自己听到了什么。

陈匀娴发白的脸庞，一口气变得更加苍白，她抖着声反问："这是什么意思？"

"之前答应过你，送培宸去美国夏令营的事，我会做到的。"

"为什么要现在跟我讲这些……"陈匀娴紧张地大叫。

"匀娴，真的辛苦你了，你放心，我已经派人跟医生联络上了，Chantal 的状态很稳定，只是可能会留疤，未来要再动个小手术。我会帮你谈好和解的，你不用紧张，事情都在掌握中。你好好休息，再帮我安慰一下培宸吧。"

◆

之后，发生了什么事情，陈匀娴只能断断续续地记忆。

杨定国、爸妈、陈亮颖、杨宜家，都想要从陈匀娴的身上，套出一些什么。他们极想知道，陈匀娴是受到什么的驱使，才会让他们母子的处境一步步来到悬崖。

她记得，陈亮颖来了台北一趟，安慰双眼红肿的妹妹，陈亮颖在大致了解前因后果后，本想怪罪陈匀娴的天真，但看到妹妹急速消瘦的身体，只得把责问的言语硬生生吞咽下肚。

在破碎的记忆中，她唯独深深记得跟杨定国的争执，那场景不仅发生在当下，日后也在脑海中重映了数回。杨定国几近歇斯底里地对着她大吼，说她是被利欲熏心蒙蔽了双眼。

甚至，杨定国还从储藏室里翻出那个包，在她面前晃了晃，一脸嘲讽愤恨地问："是因为这个吗？是因为你想要得到更多、更贵的名牌包，才会答应梁家绮，让儿子去顶罪吗？你要的话，你跟我说啊，我今天去跟人家下跪借钱，也会把包买给你的……"

陈匀娴死命地摇头，泪流满面："不要把我说得这么难听，我没有要儿子去顶罪。"

"我说的是实话！我不懂，人家叫你做什么，你就做什么？那人家叫你把儿子卖掉，你就乖乖地把儿子卖掉吗？"杨定国朝着妻子咆哮，脸上青筋明显地搏动着。

"你不要这样污蔑我！"陈匀娴双目猩红地大喊。

"你现在做的事情，跟把儿子卖掉有什么两样！我把儿子的事交给你管，你自己看看，"杨定国以即使邻人听得一清二楚也不在意的音量吼道："看看你管成什么样子！"

"对，问题就在于，为什么小孩的事只有我在管！你也不要装无辜，你说我利欲熏心，还不是因为你爸随随便便就输掉一栋房子，他有为他的儿子、我们的儿子想过吗？"

"好啊，你终于说出口了，我问过你怪不怪我爸，每次你都说没有，你明明就有！你以为我是白痴吗？我难道会笨到不知道，你从来没有真正放下？不然为什么这几年，你问我任何意见，我永远都说，'你开心就好'？因为我就是知道，你后悔了！"

杨定国以一种轻蔑的眼神注视着妻子，陈匀娴从未在那张脸上见识过这号表情。

"你在说什么？我要后悔什么？"陈匀娴不自觉地也拔高音量。

"别装傻了，你知道我的意思。每一次我跟你说不要这么爱慕虚荣、人家说什么就信什么，你只会觉得是我太散漫，不像你，为了这个家用心设想。我之前不跟你辩，就是怕你会拿房子的事大做文章。反正你现在都提了，那我问你，你认为我家辜负了你，好啊，你行，你自己来，事情有变更好吗？我们儿子为什么没有飞上枝头变凤凰，反而上了新闻？你告诉我这几天电视回放了多少次？还有那些该死的谈话节目，一堆名嘴借题发挥，说什么私立小学也有霸凌问题，他妈的我儿子为什么要当替死鬼？现在，我跟儿子是不是要跪下来，感谢你这么会当妈妈，很会为儿子想？你干吗不说话，现在换你说话了啊……"

在父亲的影响下，杨培宸有很长一段时光，不去学校，把自己反锁在房间内，也不愿意跟母亲亲密地接触；他也信了，母亲当天把自己带到医院去，是受到 Chris 母亲的指示，两人说好了，由他顶罪，好让 Chris 不必出面。他转而向杨定国表达自己的感受，包括想吃的食物，包括他对于 Chris 长期累积的不满。若他是以哭泣来作为宣泄的方式，陈匀娴心底还会好过一些，但杨培宸却像是把所有的情绪深埋在心里，那双大眼里找不到过往的温度与信任，只剩下对于他人的提防与疑惧。这里的他人，可能也包括陈匀娴。

◆

杨培宸请假到了第五天，张沛恩说，林帆香回去上课了，头上的伤痕愈合得很好，理想的话，也许连疤都不会留下。这消息

216

让陈匀娴卸下了胸口的重担，转而介意另一件事：梁家绮这几日始终闪躲着她的信息，不接电话，也不回信息。然而，而林家似乎也没有要找杨培宸算账的意思，陈匀娴提心吊胆地等着林家的电话，到最后，她几乎要出现铃声的幻觉。莫非梁家绮自己把事情给"压下"了吗？她忖度着，是否该由她来主动联络林家，可惜她手上并没有证据，说明林帆香的事情与培宸没有关系。她更怕再次搭上线，反而让林家再次认定培宸是肇事者。陈匀娴思来想去，只能被动等候，时间的流经宛如凌迟。

第七天，陈匀娴接到一则匿名信息。

上头写道："美儿爱事件又重演了，我知道你儿子是无辜的。"

陌生人附上一个链接，陈匀娴点进去，是张郁柔在两年前写的那则新闻。

陌生人又传了一句："这位记者也许知道些什么。"

这则信息看似不善，却给陈匀娴带来一丝活水。她告诉自己，虽然尚未厘清发送这则信息的人的立场，但她至少可以起身做些什么，而不是在家中颓废地凋零。

跟张郁柔提出邀约前，陈匀娴苦恼了很久。她不是第一天认识张郁柔，自己现在这副模样，绝对不是张郁柔乐见的模样。为了儿子的未来而落了话柄在别人手上，为了家庭而失去了工作。如今，又为了自己搞砸的种种而求助于失联的故人。出乎意料的是，张郁柔很爽快地答应了邀约，也没有问"怎么了"，自然得像是两人上一次分别时，是在好聚好散的前提下。

陈匀娴推门而入时，张郁柔已经入座了，她正在阅读一本杂志，心无旁骛得没听到陈匀娴的脚步声，陈匀娴在她面前放下包包，轻轻打声招呼，旋即到柜台点了饮料跟甜点。

"我得先想一下怎么跟你说……"

陈匀娴哽咽地从那场如梦似幻的生日派对说起。张郁柔没有打断她，在听到"梁家绮"三个字时，蹙起眉，皱了皱鼻子。陈匀娴没有错过这个小动作，在前来跟张郁柔会面的途中，她还想着，不要让张郁柔介入太多，没想到，当她一开口，她才彻底懂了，自己无法多压抑一秒钟。不找个人或者什么地方，把这些过程、对白、白日的沾沾自喜、午夜的挣扎与懊悔，全部、通通，都给塞进去，她会疯掉。她像是呕吐般，哗啦啦地吐出来龙去脉。

正当服务生端上如水的表面张力般温柔鼓起的厚松饼时，眼泪跟鼻涕各自从陈匀娴的身体孔隙流出，张郁柔没有让服务生为难太久，她平静地伸手越过桌子，接过了托盘。

"对不起，我憋太久了，跟你倒了这么多垃圾。"

"你可以找到是谁传那则信息的吗？"

"可能要一个一个过滤，我们的电话有在通信簿里，我只有把握是和班的家长。"

"你可以去探听一下，班上有谁的小孩，在美儿爱读幼儿园。"

"先前在美儿爱，到底发生了什么事？"

218

"我一开始调查美儿爱，是因为接获检举，说这所幼儿园违规招生。美儿爱是短期补习班，不能招收学龄前的儿童全天上课，可是在我深入了解之后，除了招生的问题以外，他们聘请的外籍老师，有一半以上没有正规身份。不过，这都不是你有兴趣的部分吧？"

陈匀娴诚实地点了点头，张郁柔不以为意地耸肩，配合地更换了主题。

"在我接触了很多美儿爱的家长的过程中，也算是瞎猫碰到死耗子吧，从一个朋友介绍的家长中，听到了一个八卦。因为当事人一方，是蔡万德的妻子，多少勾起了我的好奇。"

"你指的是梁家绮？"

"对，总之，另一个当事者叫李筱容，是给人做脸跟身体保养的，有一间个人工作室，她的丈夫在卖车，老实说，夫妻俩的收入都很普通，他们把小孩送去美儿爱，是因为李筱容的朋友建议她，把小孩送进美儿爱，她可以认识很多上流阶层的人，她可以从中寻找客户。老实说，这个策略是有用的，李筱容把儿子送进美儿爱以后，确实有一些妈妈成了她的客户，也跟她买了几十万的法国沙龙保养品。李筱容能言善道，又愿意倾听，很多妈妈不知不觉，跟她成为很好的朋友，其中包括梁家绮，那时候，蔡万德被爆出在外跟前女友另筑爱巢，梁家绮很失落，她很常带着儿子去李筱容的工作室谈心……"

"等等，她丈夫在外跟前女友另筑爱巢？"

"对，这新闻被压下来了，可是基本上蔡万德的亲信，包括他的父母都知道蔡万德有两个家庭，那个女人也生下一个小孩了，只跟蔡万德的大儿子差两岁。回到李筱容的事情上，梁家绮这个女人，怎么说呢，我觉得她是很自卑的，她老公养小三的事情，圈子内的人多少都有耳闻，所以她很依赖李筱容这个圈外人。李筱容也时常让两人的儿子玩在一块。老师知道这两个小孩感情很好，座位时常排在一块。"

反胃的感觉隐隐扭绞，陈匀娴越听越不舒服。

这故事既视感太重。

"后来，不知道怎么搞的，总之……有一天，班上一个小女生的相机不见了，那台小女生的生日礼物，她急得要命，老师说要搜书包……"

"小孩子带相机去学校？"陈匀娴打断了张郁柔。

"似乎是给小孩专用的儿童相机，一台两三千，跟一般的相机不太一样。这不是重点，重点是你猜猜看，最后在谁的书包里找到了这台相机？"

"李筱容儿子的书包里？"

"对，可是他说他没有偷，是蔡万德的儿子放进去的。老实说，到底是谁偷的，罗生门，没有人知道真相，可是李筱容的儿子在班上开始被霸凌……你猜是谁带头的？"

"那个东西被偷的女生？"

"匀娴，怪不得你会被骗，你看事情的角度太简单了。答案是蔡万德的儿子。"张郁柔挑眉，露出微妙的笑容，"没多久，李筱容的儿子就转走了，再过一阵子，李筱容的工作室关了。"

◆

跟张郁柔道别后，陈匀娴送出了信息。

"你是谁？"

她以为自己不会再得到任何线索。

她估错了，十分钟后，她就要放弃，那组号码竟发出了第二道信息。

"你想帮你的儿子吗？"

"怎么帮？你到底是谁？"

再度失联。陈匀娴打了好几通电话，又传了数封信息，您拨的电话没有响应。她颓然地走回家，这时，一个想法窜入她的脑海，陈匀娴快速打开笔记本电脑，在信箱中搜寻和班通信簿，即使概率多么微小，她也想要试试看。她找到那个人的手机，没有犹豫地一口气输入十个号码，响了十一声，电话接通了，还没有得到只字半语前，陈匀娴先发制人。

"抱歉，在假日还打给你。请问，你知道 Chris 在美儿爱的过去吗？"

221

接起电话的那个女人，安静了好几秒，虽只是几秒，竟有无限延伸的错觉。

"不如这样好了，我们一次把这件事给做个了结吧。你现在方便吗？我不太方便抽身，你来我家找我可以吗？我把地址给你，你搭出租车来，我会请人在楼下等。"

"好，我马上过去。"陈匀娴以左肩夹着手机，腾出右手写下地址。

等在楼下的秘书，帮陈匀娴付清了车费。陈匀娴抬起头，看了看这栋高达三十一楼的大厦。这个建案十分知名，只有两种房型，九十坪跟一百六十坪。她跟着秘书进了大厅，左右两侧夹道排列着玻璃柜，里头的艺术品在灯光的映射下，显得非常名贵。一名绑着包包头的小区助理看到陈匀娴，从柜台小跑步冲出来，秘书跟助理点了点头，走过去附在耳边说了几句，助理觍着脸，"好，好，那我知道了"，又跑回柜台就定位。陈匀娴跟着秘书走，大厅后是小区的中庭，巨大的水池里置满了水生植物，水从狮头状的喷水孔汩汩地涌出，池边是围栏，花叶造型温柔地包裹着，上头还有两只栩栩如生的青蛙，黄铜的材质则让整体的造景增添了一份古香。秘书走进一个房间，利落地打开灯与空调，微微屈身致意，"请在这里等一下。"

陈匀娴没有等多久，那个人就出现了。她的手里托着小包跟一串看起来颇为沉重的钥匙。

"抱歉，因为 Jonathan 好像有点在发烧，我不方便出门。"

汪宜芬理了理裙摆才坐下，高声喊："Carol，帮我们弄些喝的吧。"

"你想喝冷的还是热的？"

"都可以。"

"你喝咖啡会睡不着吗？"

"不会。"

"那两杯咖啡。"

秘书匆匆忙忙地移动至隔壁的空间，那里有吧台、咖啡机，跟美式双门冰箱。

"我先跟你澄清一件事，避免你的误会，我不是传简信给你的人。可是，我也不是那么置身事外，传简信给你的人，多少是想帮我助阵吧。我也没想到她会做出这样的事，如果吓到你，对你造成困扰，我代替她跟你 say sorry。然后，我很好奇，你怎么会猜到跟我有关？"

"因为你知道班上多数的事情。"

"你很聪明，你猜对了，确实有家长告诉我，她的小孩目击到一些事情。"

"什么事情？"

"这得用交换的。先回答我一个问题，你有没有帮梁家绮儿子成绩作弊？"

陈匀娴深吸了一口气，没有回答。

"我很在意两个小孩的发展，大家都知道。"汪宜芬耸了耸肩，"Jonathan 的姐姐第一个学期就拿到模范生了，我想让 Jonathan 延续这个传统。我请导师在每一次段考结束后，把全班所有人的成绩 copy 给我。上学期，最后一次段考，我发现一件很诡异的事情，导师给我的版本，跟最后公布的版本……不一样。"

秘书小心翼翼地放下托盘，摆放好饮料，她回到隔壁的空间，静候汪宜芬的指示。

"杨培宸跟 Chris 的分数对调了，两人的座号差这么多，没理由搞错吧……更不用说，大家都知道 Chris 从幼儿园开始，功课就很差，却在这次段考进步这么多？你觉得呢？"

汪宜芬啜了一小口，气定神闲地注视着陈匀娴。

"我不知道发生了什么事。"

"Jonathan 说，Chris 时常在班上嚷嚷，你儿子的学费是他家付的。"

"我先生在蔡家底下工作，这算是员工的福利。"

"是这样子的吗？可是，导师不是这样说的哦，导师说，你也有加入。帮忙老板的儿子作弊，这也是员工的福利吗？匀娴，我在这边诚心地告诉你，我很欣赏你，可是，你无法应付梁家绮的，这几天，你是不是为了林帆香，闹起家庭革命呢？告诉你一个秘密，你丈夫的老板，在外面可是有另一个幸福和乐的家庭，孩子也上幼儿园了……蔡万德的心不在她身上，梁家绮基本上只剩下Chris 这个命根子了，她当然要想办法保住。"

"你想说什么？"

"有目击者可以作证，人不是你儿子推的。"

"既然有目击者，为什么不出面？"

"为什么要出面？好处在哪儿？为了你们得罪梁家绮？换作是你，会这么做吗？"

"那你们寄简信给我，有什么用？你们也不想改变事情，不是吗？你把我叫来，难道只是想要看我在你面前崩溃，才甘愿吗？你们明明有证据，却不肯拿来帮我。"

"你只说对了一半。我让你知道，林帆香确实不是你儿子推下去的。你可以拿你已经掌握了目击者的消息，去吓一吓梁家绮，你有新的筹码，不能说我没有帮你。"

"跟梁家绮划清界限吧，你不用担心你老公的职位，梁家绮对于 Ted 没多少影响力的，除了钱之外，Ted 不会为她牺牲什么。你若顾忌钱的事情，我可以帮你谈。我们家没有蔡家这么雄厚，但也不差。我的要求只有一个：我不希望班上有人继续在我的背后搞鬼。"

汪宜芬显然将自己视为班级秩序的守护者。

陈匀娴有种自己被什么给咬住的感觉。汪宜芬把自己的真实情绪给埋在一层又一层的保护之后。她到底知道多少事情？为什

225

么不干脆一次丢出，非得要以这种放饵的方式，逼得她节节败退。

"你知道这么多，为什么不自己去跟梁家绮讲，你们地位是相当的。"

汪宜芬笑了，在一个陈匀娴并不觉得好笑的时机，她轻轻一笑，以一种看着奇异生物的讶异眼光瞅着陈匀娴。那种眼神，陈匀娴瞬间明白了答案。

"你知道吗，你跟梁家绮其实很像。"

汪宜芬眉头一抬，没有料到陈匀娴还有反击的力气。

"你们都把我们这种没有背景的人，视为弃子，想到的时候就找过来，为自己做事，觉得不好用的时候就心不在焉地拿掉。"

"不过，我还是谢谢你，至少我确定了，人不是我儿子推的。"

语毕，陈匀娴不再关心汪宜芬的想法，她起身，当着汪宜芬和秘书吃惊的脸，径自往小区的大门迈去。临走前，她又看了一眼这高大辉煌的小区，太疯狂了，真是太疯狂了，她曾一股脑儿地以自己处在这个圈内而隐隐自豪，如今才发现，她永远只是游客。

她进得来，她可以在里面喝完一杯咖啡或者什么，可是，她迟早得离开。

陈匀娴往捷运迈步，到了十字路口时，她停下来等待红灯。夜晚的风带着些微的侵略气息，吹得她头有些疼，她把双手插入口袋，迷惘地看着以相反的方向穿过她眼前的人潮，他们走得真

226

快，仿佛对于自己要去的地点拥有十足的自信。而她，到底要往哪里走去？才不至于纵容错误的扩大？回忆如走马灯播映，一切又回到去年的那场生日派对。

如果没有发生林帆香的插曲，她是不是会跟梁家绮依旧快乐、亲密、无话不谈？

陈匀娴眨眨眼，才发现自己不知不觉流了满脸的泪。

◆

陈匀娴把她跟张郁柔、汪宜芬的对话，全数，一点也无保留地告知了杨定国，借此表明，她确实有部分是无辜的。这也是事发之后，杨定国首度用正眼看她。他说，他要跟 Ted 亲自谈谈，因为他觉得梁家绮的所作所为已经超出了他可以忍受的范围。要一个七岁的小孩顶罪？让一个孩子小小年纪就经历了如此巨大的不公义，何其残忍。

陈匀娴同意这是个好点子，但在执行之前，她想要亲自跟梁家绮谈谈。若梁家绮一再拒绝接她电话，那她就去守在小区的门口等她。

她的极端作为，确实给自己争取来一场精彩的谈判。精彩到多年之后，她再度想起时，仍不免怀疑，自己一定是被逼到深渊，才有了这么尽兴的演出。

那日，梁家绮一身家居服出现。

一看到陈匀娴，梁家绮露出关心的笑容，"匀娴，你看起来好苍白。"

陈匀娴佩服她，到了这个节骨眼，还不愿意放弃脸上的面具。

"我们要在这里谈吗？"她指了指柜台后交叉着双手的两名管理员。

"那我们移动到交谊厅吧。帮我登记一下，28A，要使用交谊厅。"

一进入交谊厅，两人还没有坐定，陈匀娴就径自开口。

她得一鼓作气，一旦拖长，梁家绮有了充分的准备，陈匀娴没有把握自己可以对抗。

"家绮，我想拜托你一件事。你明明知道是 Chris 做的。"

"我才不知道。"

"我有目击者了。"

梁家绮闷不作声，一缕寒气渗进了她的眼底。

"目击者又怎样，你敢说出去吗？"

"家绮，为了培宸，我敢。我儿子上了新闻啊。即使有打马赛克，可是认识的人，一眼就看得出来是他，他这几天都请了假，他不知怎么面对同学。"

"你怎么会觉得，你可以跟我用这种语气说话？匀娴，你丈夫是我丈夫的下属，你儿子可以进来松仁小学读书，是我说服 Ted 动用关系才搞定的。"

"可是，这不表示我儿子得替你儿子顶罪！"

"陈匀娴，你到底有没有听懂，你，没有资格，这样跟我说话。打从一开始，你接受了我的邀请，就注定我们之间的关系不可能对等。你也太过天真了，你享受了这么多好处，却连一点点义务都不想尽吗？"

梁家绮移动到沙发上，率性地坐下，从下而上地瞪着陈匀娴。陈匀娴维持站姿，不敢妄动，梁家绮像是古代的国君，得以坐姿聆听大臣的禀告。她一脸坦荡地面对陈匀娴的兴师问罪。

"陈匀娴，我提醒你，一个巴掌是拍不响的，事情会变这样，是我一手促成的吗？你现在怎么好意思一脸受害者的样子？再说了，我不会亏待你的。事情过后，除了你儿子的夏令营费用，我还打算今年你的生日，送你高级度假村的招待券，让你们一家三口放松一下啊。"

"家绮，我要的不是这个，我只是，只是……"

话语卡在喉头，迟迟吐不出去。对啊，她要的到底是什么呢？她要的是杨培宸进来松仁小学读书，享受著名人子女的环绕，而她跟杨定国又不必因此承受经济的磨耗吗？

"只是什么？匀娴，既然我们都把话给说开了，我跟你说实话吧，我是真的把你当朋友过。你背景单纯，人又没什么心机。现在，我让你好好想想，我可以假装我们没有这场对话，一切都跟从前一样。培宸在松仁过得这么好，你也不希望他待不下去吧？"

陈匀娴听懂的同时，也看清了她所创造的一切。

梁家绮不是她最终该面对的魔王，真正的魔王是她的心魔。

她的贪婪，她对于既有生活的不满足，她对于另一种生活风格的渴望。她以为是梁家绮对她抛出了饵食，不，不是这样的，梁家绮只是看懂了她脸上那不安于现状的扭曲情绪，并且从善如流地助她一臂之力而已。

"你说得没有错，家绮，你是真正懂我。我这个人，就是太没有自知之明了。但是，待会儿，定国就会打电话给 Ted 了，我们有目击者，我们有证据，培宸还这么小，我让他来松仁，是希望他未来可以过得更幸福快乐，而不是现在就被你毁掉。我也不知你先生会怎么做，也许他会跟你一样想办法要我们闭嘴？我不知道 Ted 是否跟你一样残忍，我只能求神保佑了。"

她苦涩地露出微笑，没有跟梁家绮道别，步伐虚浮地离开了这个曾让她相信自己无比幸运的摩天大楼。她是《泰坦尼克号》中的杰克，以为自己抢在最后一秒钟，赶上了一场航向美好新大陆的旅程，却没有算到船可能会沉，而她位处底层船舱，得率先牺牲。

◆

要说事情有没有留下后遗症，有，绝对有。好比说，她的人际关系宛如历经了一次剧烈的风暴，牌组重新淘洗了一次。有些人再也不会与她继续纠缠，而有些人与她变得更亲近，至于她最在意的家庭，暗影浮上了陈匀娴的眼底。

当杨定国拨通电话，以强自镇定的语气解释了原委，他尽力地想让 Ted 理解到"真相"，但也不想让老板认为他是在兴师问罪。只听到那端蔡万德悠悠地说："喔，我明白了，啊——夫人跟培宸这几天受到惊吓了吧？"这副漫不经心又胸有成竹的口气，使得做好万全准备的杨定国，一时半刻也慌了手脚，事先拟好的稿子，全数卡在喉头，一个字也出不去。

他以为，老板会否认到底，谁能预料到，蔡万德一下子就认了。杨定国没说话，等于让蔡万德继续把持主导权："Steven，这都是小事，我知道，上了新闻是有些尴尬，不过人是健忘的，没过两三天，还不是忘得一干二净？有谁还会在意这件事？但……"他话锋一转，数落起梁家绮的不是，"我知道，你们一家人还是委屈了，这件事，Kat 真的太大惊小怪了，真是的，我也不知她在想什么，直接告诉我，一通电话可以解决的事，林伯伯跟我爸认识都多少年了，却被她搞到这么复杂。孩子嘛，还这么小，成绩顾不好，至少要给他正确的价值观，你说是吧？好了，这件事我会去处理的，你帮我跟夫人转达一下，吓到她了，真是不好意思啊。叫夫人跟培宸继续在松仁小学，安心地就读下去吧，学费的事别操心，我说负责，就会负责到底的。"

杨定国使用了扩音，陈匀娴屏气凝神地听着，说不上为什么，在这通电话之前，她对梁家绮一度有了怨恨的心结，但在听到蔡万德的说法后，这股恨一点一点消融了。她在很短的时间内，明白了梁家绮事实上多么寂寞，从蔡万德的口吻，她可以感受到：蔡万德并不在乎梁家绮，甚至，对于Chris的教养，他也意兴阑珊。他只用了处理公事的三成心力，就潦草地想打发掉这件事。

若今天事情发生在蔡万德的另一个女人身上呢？另一张落泪的面孔，他也会说是大惊小怪吗？他是否会端出与此时截然不同的姿态，用更多的柔情与关怀来处理这件事呢？

没人知道。

后来，在十通电话内，蔡万德利落地解决掉了这件事情。

很可能包括梁家绮在内，都不知蔡万德是怎么跟林重洋交手的。总之，没有后续的追究，没有骇人的官司，即使是闻到血腥香气而如鲨群一般鼓噪的媒体，都在眨眼间，消失得无影无踪。

两天后，杨定国升职了。

这个消息显然让他不知所措了。返家后，他暂时抛下不愿跟妻子面对面的立场。

陈匀娴无言了良久，才淡淡地说："于理，我想要劝你把握这个机会，这是你老板欠我们一家人的公道。可是，于情，我也知道你是怎么想的，你是不是觉得，这个位置好像是以儿子的牺牲换来的？你一旦接受了，就失去了怪我的立场？"

杨定国没有吭声，证实了陈匀娴的推测属实。

"你相信我，我不会这样想。我很明白事情的责任在我。"

"我到现在还是不明白，你那时究竟是怎么了。"

杨定国打破沉默，首度坦承内心的想法，"我一直跟你说，我不认为小孩的成绩、成就，有那么重要，可是，你有办法承认吗？有时候跟你沟通是一件很困难的事情。你永远只会说，我不够在意小孩。你说的也没有错，我不像你，那么重视培宸的一举一动，但那不表示我不在意培宸，我只是觉得，你都规划得这么多了，若我也跟你一样，培宸的压力未免也太大了吧。他就不能松一口气吗？他还那么小。"

"既然你都说开了，那我也告诉你，为什么会变成这样好了。"陈匀娴激动到五官歪斜成骇人的模样，"有一件事，你不觉得很诡异吗？大家都会说，照顾小孩是夫妻共同的责任，但一讨论到怎么照顾小孩，还是只会去问妈妈。结婚后，你有被问过怎么安排小孩子的就学吗？没有吧，即使有，你也可以回答：'噢，我不知道，都我太太在规划。'那我可以跟你一样，这样子回答吗？"

"我在说什么，你又在说什么，事情不要扯这么远。"杨定国面露不悦。

"我才没有把事情扯远，你问我，当初我究竟是怎么了？我现在就告诉你，我现在就是在告诉你答案！因为我很不安，我很焦虑，从杨培宸一出生，我莫名其妙多了一堆事情要注意。好多教养专家，好多把小孩子教得聪明又可爱的部落客，好多事业成功又可以兼顾家庭的女人……"

杨定国打断了陈匀娴，"那又怎么样，干吗跟她们比？"

"你可不可以让我把话说完。这就是问题所在，你难道不会拿自己跟学长比吗？你难道不会拿自己跟 Ted 比吗？当所有人都在玩同一场游戏，你怎么可能说你不想玩？我想要让别人觉得我很成功，我可以一边工作，一边教养出很优秀的孩子。培宸现在不好、不优秀吗？你去听他的口音，我们夫妻俩一辈子都不可能讲出这么完美的英文。你去看培宸现在交的朋友，那些小孩，哪一个背景是普通人？我那么努力，全心全意安排，有人赞美我、夸奖我吗？"

陈匀娴越说越激动，眼泪跟话语齐落："为什么要为了梁家绮的自私而责怪我？就算我也有错，难道不值得被体谅吗？事情变成这样，我难道比你不心痛？你可以怪我，可是你扪心自问，这过程中，除了抱怨我想太多、紧张兮兮以外，你有帮过我吗？"

"等一下，我们不是在检讨你的过错吗？为什么又变成检讨我了？"

"因为这不是我一个人的错，这才不只是我一个人的错！"陈匀娴蹲下身子，用力揾住胸口，放声大哭，"你们都笑我蠢，笑我被梁家绮傻傻地牵着鼻子走，可是，有谁懂我的不安？谁在意过、理解过我的想法？你问我，妈问我，姐姐问我，连宜家也问我，事情怎么会变成这样？我也不知道，我才想问，为什么事

234

情会变成这样？我不恨自己吗？我比所有人都爱培宸，我想要给他我可以给的一切，走到今天这步，我不后悔吗？我不想要回到过去，阻止这一切发生吗？不用你怨我，我自己最恨我自己。"

杨定国的手，在凌空中张了又握，握了又张，迟疑了半晌，他终于握住妻子颤抖的肩头。

"我们扯平了。"

"什么意思？"

"你还想待在这个家，我也是。我们都还需要这个家，既然如此，就找个方式，让我们以后还能好好说话吧。从今天起，我再也不主动提起这件事。"

"怎么可能，你怎么可能不提起，这是人性。"

"对，你说得很好，这是人性，我很可能之后还是会忍不住拿这件事来说你的不是，可是，我答应了你，那就表示至少我会克制。同样，也请你答应我，今天起，不要再提我爸之前被骗的事，抱怨也不行。我们就把这两件事，在今天彻底做个了断。就这样吧？"

陈匀娴眨了眨湿润的双眼，以当初点头的心情，再一次答应了同一个男人。

杨培宸在原本的班级待了下来。林帆香的母亲，来了学校一趟，左手拎着铂金包，右手推了推女儿，在和班同学的见证下，与杨培宸握手言和。代班的廖老师递上麦克风，发表了一场短讲，希望全班同学从此相亲相爱，即使有误会，也能够像林帆香与杨培宸一样，继续当好朋友。小孩子们懵懂地注视着台上的一切，在廖老师的要求下，即使不清楚究竟是为了什么，还是用力地拍击双掌。然后，如同蔡万德的预言，时间的作用下，除了陈匀娴一家人、艾老师，其他人都像是忘了这场风波般。也有可能他们只是转为窃窃私语，但这都是陈匀娴无法得知的后话了。

为什么与艾老师有关？这当然是蔡万德和林重洋两个男人讨论后的结论。

孩子怎么可能会有错，他们还那么小，那么直率，为了想要在有限的时间内玩到溜滑梯，做出一些无伤大雅的推挤行为，也是情理的范围之内。不是小孩子的错，那会是谁的问题？当然是校方监督不周，为什么没有及时发现学生的缺席？又，为什么没有人意识到他们提供的游戏空间并不安全？校方在事发当天火速拆除底座，除了致歉，总务主任也自请调职，但被林帆香的父母挽留了。林重洋说，不想把事情闹得太复杂，老师离职，意思有到就好了。

就这样，艾老师离开服务近十年的松仁小学，前来代班的廖老师，据说跟汪宜芬有亲戚关系。是巧合，还是有人见缝插针？

除了当事者知情，其他人也只能旁观者迷了。

◆

Chris 转学了，他即将前往的学校，遥远得不可思议：美国。这是一个大胆的决定。梁家绮一走，陈匀娴也不好意思继续参与深岚的组织，尽管王念慈一再挽留，说一口气走了两名成员，实在太寂寞了，陈匀娴想了片刻，还是直白地告诉王念慈，她打算回去工作，她认为自己终归是个习惯工作的人。王念慈的脸上虽有不解，和难以辨认的些许不满，但她仍保持风度，没再过问。

对话结束前，陈匀娴闪过一个强烈的念头，来不及压抑，话语冲出了口中。

"念慈，你知道为什么家绮要突然带着 Chris 去美国读书的吗？"

王念慈诧异地注视着陈匀娴："你还不知道？ Kat 没有跟你说吗？"

陈匀娴难为情地苦笑起来，这抹带着涩意的笑，似乎勾动了王念慈的情绪，她一个躁进，说出了其实并不打算说出的话："Kat 她似乎想要放下了，你懂我在说什么吧？"

"Chris 可以适应美国的环境吗？"

"不能适应，也要适应吧。老实说，Chris 的资质也不太能适应台湾的环境吧。"

诧异的人变成陈匀娴了，原来大家都看在眼底，只是从前不敢讲。

既然梁家绮选择放下这里的种种，自然也没有为她顾忌的必要了。

　　王念慈耸耸肩，不置可否地续道："我猜，在台湾 Kat 也开心不起来吧，Ted 一下要回家，一下不回家的，我们劝她很久了，签一签，钱拿一拿，放手吧。你斗不过那个女人的。不如趁着自己还年轻、漂亮，找一个不输 Ted 的对象。Kat 就是不要，时间越拖越久，最近，听说那女人又怀孕了，这一次是男生，Kat 大概被刺激到了吧，她说要去美国进修，带着 Chris 一起去。没有人知道 Kat 还有什么好进修的，要待几年，她也没说。"

　　陈匀娴看着王念慈侃侃而谈，心中五味杂陈。从过去到现在，王念慈是这样子想着梁家绮的吗？她以为，在深岚里的所有妈妈们，纵不能相知，至少也是相惜的。没想到，金字塔的同一层里头还是有分类：婚姻幸福的，婚姻不幸福的；孩子资质良秀的，抑或平庸的。

　　陈匀娴冷不防感到闷窒，她竟相信过，自己能够在这里找到归属。

　　"Kat 跑到美国，还是在逃避问题，她为什么就是不面对呢？她又管不动 Ted，她的婆婆，说实在的也跟儿子站同一条线，Kat 哪有人给她撑腰啊？可是，我也不意外她放不下……像我们这种人，争什么，不就是争一个面子吗？"

　　"念慈，家绮不在以后，你跟若兰，应该会有点孤单吧，深

238

岚里，就你们跟她最好。"

"你说我跟若兰吗？我个人是还好，天下没有不散的宴席嘛，Kat 想走，我祝福她。至于若兰……呵，我只能说，我为什么会知道那个女人又怀孕了？"王念慈挑了挑眉，"你应该看看苏若兰告诉我的时候，那副得了便宜还卖乖的模样。以前啊，她在深岚，说话都不敢太大声，因为她自己很清楚，她家那时候还在风暴圈内，得保持低调。现在风水轮流转，换 Kat 遇到麻烦了，苏若兰这几天，整个人可神清气爽了。"

王念慈的声音越来越模糊，陈匀娴的思绪已不在眼前这个人身上了。

她以前怎么会这么崇拜这些人，想尽办法想要挤进这个圈子内？她吊诡地涌起一股对梁家绮的思念，人真是一种难以形容的动物，只有人类，会想要同情那些曾经带给自己毁伤的对象吧？

梁家绮真是她见过最寂寞的女人了，有谁亲近她，是出自于对她的纯净友情？

◆

"没有你陪我练习中文，好落寞啊。"

张沛恩是陈匀娴第一个告知她想回去上班的对象。

"没办法，这里的学费真的太贵了。我觉得自己不回去工作，只让我老公负担全部的支出，心里面总是有点过不去。我们家也

239

不是底子很厚，再这样读下去，等把儿子送去国外，我跟我老公就要沦落台湾的街头了。哈哈。我也想要继续当贵妇啊，但人总是要认命嘛。"

陈匀娴故作轻松，在离别前的感伤时刻，想保留自己在张沛恩面前的良好形象。看着张沛恩苦恼的纯真模样，陈匀娴很想再多谈些什么，可是语言刚滚出嘴巴，随即被风给吹散。在新闻曝光后，张沛恩是少数对她实际伸出援手的人，当时她提过建议："虽然我家移民美国很久了，但在台湾多少还是有认识的人，如果你担心的话，我可以去问我舅舅有没有办法帮忙。"

陈匀娴婉拒了张沛恩的好意，但她有点感动，自己还是有认识到值得深交的人。要淡出这整个圈子，她最舍不得的，就是张沛恩。

陈匀娴闭上双眼，享受着张沛恩喋喋不休、自己什么也不说的亲密感。

汪宜芬释出过善意，要给陈匀娴找工作，陈匀娴婉拒了。汪宜芬也上道，只是暧昧地笑笑：我知道你有阴霾，没关系，只要你一句话，我这边随时有管道给你。

陈匀娴将自己的履历放上人力网站，三个月过去，她仍待业家中，她被刷下的理由并不难理解：她的预期薪资跟人事主管心中的数字差距太大。第四个月，一个夏雨绵密的日子，她做了一个大胆的决定，她打了一通电话，给绝对不想再见到她的人：叶德仪。

叶德仪接起电话时，陈匀娴有些紧张，她以为叶德仪恨她。叶德仪也真的恨她，在理解到陈匀娴想回去工作的心愿后，叶德仪把陈匀娴给酸了一遍，酸碱值低得差点腐蚀掉陈匀娴的信心。

差点，表示没有。陈匀娴被拒绝了之后，她又打了第二次、第三次……换作是更早之前，她决计不会相信，自己有朝一日，可以放下身段，到达如此死缠烂打的地步。叶德仪把她正面辱骂了一次还不过瘾，又翻过来，反着讽骂了一回。折腾数回，在陈匀娴做好长期抗战的心理准备后，叶德仪反而让步了。"我不会忘记你是怎么背叛我的，"叶德仪厌厌地说，"给你最后一次机会，是同情你有小孩要养。可是，我丑话先说在前头，我不会再像过去那样，把重要的职务指派给你了。你只会是个随时可以取代的货色。"听到叶德仪这么说，陈匀娴感到很淡定，日子还很长，她可以慢慢面对她跟叶德仪之间的深邃恩怨。见识过最黑暗的风光后，她换上崭新的目光，去看待她从前的生活。她还是不认为，叶德仪是个好主管，可是她得接受，这是众多腐烂的苹果中，勉强可以入口的一颗。

除了叶德仪，她还得处理一件事。

得知来龙去脉之后，陈亮颖很介意，妹妹对她不够坦诚。

她咕哝了数次：你为什么不早一点跟我开口？我可以借你钱去付学费，你明明知道，我只有你一个妹妹，我不帮你，我还可以帮谁。与叶德仪斡旋之际，陈匀娴决定也把这胸口中的疙瘩，一次划开，她想要这么做，很久很久了。怀有秘密，像是在嘴巴里含着一颗不大不小的石头，如果拼命咽下，就得终生忍受着体内有一样异物，她办不到，然而一直含着也令人心焦。

此刻，她终于可以一吐而快。

"因为我以前很嫉妒你。"

"嫉妒？你干吗嫉妒我？你比我会读书，老公又是高学历的，爸妈又比较宠你。"

"可是，姐姐的生活过得比我好。"

没想过要流泪的，但，或许是积压了太久，泪液一下子就腾出了眼眶。

"我那么认真地拼命读书，就是为了可以过好日子，可是姐姐、你……只是嫁给了一个有钱人，一下子就到了我梦寐以求的地方。我以前无法接受这件事，很不甘心……所以想了很多方法要证明，我可以想办法让自己过得更好。"

陈亮颖倾着头，没有掩饰脸上的愕意。

"你知道吗，我其实也很羡慕你，因为我觉得你很会教小孩，不像我，不太会读书，又没有住在台北，有时候看到你在管培宸读书，我都会想，我带小孩的方式好像太随便了，没有给他们上才艺课，也没在管他们的英文说得好不好，老师说没问题，我就没有多问了。"

"姐，不必羡慕我。就是因为我有这种想法，才会搞到今天这样子。我太过于替培宸做决定了，没有想过，这是培宸想要的，还是我希望培宸去想要这些东西。你现在还可以跟小孩子亲来抱去，我呢？不知要等多久，培宸才会再信赖我。"

"那你现在是怎么想的？还会嫉妒我吗？"

"不会了，我已经没力气去嫉妒，或是羡慕谁。活自己的人生，已经很累了，我不要再去过别人的人生了。"陈匀娴伸出手，握着姐姐的手腕。

陈亮颖理解了妹妹在示好，她轻扯嘴角，在陈匀娴的额头上狠狠弹出一响。

"再也不允许你嫉妒我了，笨蛋！"

◆

即使重回职场半年，陈匀娴仍不敢真正地睡熟。睡熟了，她就会被拽回那个医院里，而门随时都有可能开启，里头冲出一个盛怒的女人，喷得她满脸的鲜血，而在她试图逃离那个医院时，会有一道微弱的声音喊住她，她一转身，是杨培宸，在画面中，杨培宸面若白纸，惊恐地喊：妈妈，真的不是我推的。而在杨培宸身后是数十台电视，屏幕停留在不同的画面，有些播映林帆香母亲伸手推人的那个瞬间，有些则是谈话性节目的画面，那些社会观察专家振振有词地发表着他们对于校园安全的担忧。一位面

243

相专家不知从哪里弄到杨培宸的照片，他以笔遮住了双眼再呈现给观众看，语重心长地说，这小孩眉毛粗浓，眉骨又乱，容易有暴力倾向，小鼻子，嘴形不正，嘴角下垂，这通常是不可以信赖的脸，也难怪会做出这种事，我若是林重洋，一定会叫孩子提防这种长相的人……陈匀娴屡屡被惊醒，非得用力地抓紧双臂，让指甲咬入肉里的痛觉说服她：只是一场噩梦。可是，另一道声音会升起，在她耳边低诉：那也不只是梦。

如今，只要陈匀娴一亲近，杨培宸的身躯即不自觉地僵硬起来。他的怒气，不是以言语表达，而是以行动呈现。他再也不跟母亲索讨睡前的晚安吻，也不再像过去会突然地用力抱紧陈匀娴，只为了汲取他熟悉的香气与温度。这些改变，陈匀娴表面苦笑，心底却微微渗血。

有一次，她伸出手，想跟从前一样，牵起孩子那总是比她更加黏热的小手，杨培宸竟伸出手，用力推开了她，大吼道："不要碰我。"陈匀娴眼睛一黯，怒气猛地在胸口爆开，她压着声音问："我为什么不能碰你？"杨培宸转过身，那双又圆又大，像极了她的眼睛，瞪着她，说："我不想要跟你牵手。"陈匀娴愣在原地，思量了几秒钟，想起了那飘散着药水味的偌大空间。她无助地紧牵着儿子的手，一步步按照梁家绮的指示，踩进原本不属于他们的厄运。当林帆香母亲的言语，好似子弹一颗一颗穿过他们的身躯时，她可有记得停下来看一看儿子的脸？

如果儿子够懂事，他也许能找到一些词汇来表达自己的感受，例如陷害、顶罪，或者更长一点的句子：妈妈你为什么要陷害我去顶罪？陈匀娴直直地看着儿子，眨眼间，几乎要把她给灭顶的怒火如潮水般快速往后卷。她气消了。她又感到对不起了。她放弃跟杨培宸对峙的念头，径自往前行去，而杨培宸不发一语，悄悄地跟上。

杨定国一度想扮演中间的桥梁，他提议由他主动跟孩子解释，陈匀娴拒绝了，她告诉丈夫，"不要再逼他来迎合我了。"杨定国犹豫地反问："纵使你有错，还不都是为了他着想？小孩子闹点脾气，可以，就是不能爬到父母头上。"陈匀娴呆呆地望着丈夫，问："那父母不小心爬到小孩子的头上，把自己的梦想变成小孩的，把自己的痛苦变成小孩的，这笔账又要怎么算？父母可以惩罚小孩，那，谁来惩罚做错事的父母？"

那年年底，陈匀娴的生日，杨培宸还是做了张卡片。陈匀娴努力展现出成熟的大人姿态，以免吓坏了儿子新生的善意，她只得轻轻地，像是在对待什么易碎物似的，合上卡片，并对那一张期待又怕受伤害的童颜说道："谢谢你做卡片给我，妈妈也很爱你。"杨培宸生硬地点了点头，他靠近母亲，又突地停住。还不是时候，他还没有办法像过去那样，如袋鼠般窝进母亲的怀里。陈匀娴会过意来，她既感伤，又心疼儿子还是放不下委屈。她看了看两人之间的距离，思索着，这道她亲手造成的裂痕，不知要经过多久，才有办法弭平。

◆

两年后。

为了赴跟张郁柔的约，陈匀娴行经一处小区，她先是认出了围墙的图腾，才进一步地想起了这是蔡家的小区外墙。她情不自禁地暂缓脚步，直至她在正中央停下。门禁依旧森严，陈匀娴才一站定，警卫室立即有人出来查询身份，"不好意思，请问你是找人吗？"

陈匀娴知道她站太久了，又没有马上响应，警卫的眼神开始透露出狐疑，她尴尬地笑了笑才回道，"没事，只是因为有认识的人以前住这里，所以才看了一下。"

语毕，她转身阔步前行，而回忆从身后一步一步跟上。

风暴平息后，陈匀娴屡屡想着，是否要联络梁家绮。她想让梁家绮知道，我恨过你，可是若少了你，我又哪能意识到自己曾费心挖掘、视为奇珍的宝物，其实都不值一哂。时间久去，她甚至可以祝福梁家绮，离开这个让你我都不得不变形的环境，选择一个无人闻问的城市，重新建立起跟 Chris 好好相处的模式吧。陈匀娴模拟了非常久，每一次都要按下送出键，又硬生生打住，有必要吗？梁家绮会读吗？不会吧。她离开台湾，不正如王念慈所料想的，是为了逃避这盘根错节又千疮百孔的人际关系？既然如此，她试图跟梁家绮对话的念头，满足了谁？她只是想确认梁家绮受到惩罚了没吗？陈匀娴挣扎了许久，好不容易放弃了。

◆

前几天，她受邀出席松仁小学为了母亲节而举办的活动。说来讽刺，奖励母亲辛劳的活动，理应所有母亲都参与，哪个母亲不辛劳？哪个母亲不值得奖励？陈匀娴到了会场，才发现一个班级仅由三位母亲代表，她看到了汪宜芬。

汪宜芬朝她点了点头，淡淡道了句："先恭喜你儿子，这一次考试第一名。"

陈匀娴的心一紧，没错，杨培宸在学业上的表现越来越好了，廖老师屡屡夸赞儿子的优异。杨培宸以一种孩童罕见的狠劲在习字跟算术，握笔的手势好用力，笔迹渗到第二张纸上。陈匀娴不敢问儿子，你为什么那么在意成绩？她怕答案是她无法承受的。也许儿子在松仁依旧没有安全感，那件事还困扰着他，也可能杨培宸只是单纯享受着那种因为成绩突出而得到老师特别关爱的殊荣，太多可能性了。

她虚应了一下汪宜芬，勉强提起精神想，一个班级只取三个，为什么是她？也许答案已从汪宜芬的口中宣逸而出。找班上第一名的母亲，最能令众人服气。若循此理，为什么汪宜芬可以出现？Jonathan 并不是前三名。陈匀娴心思又乱了。真可怕，这里头磁场不寻常，她离开了这么久，一踏进，又熟练地钻牛角尖。她走向后台，想找一张椅子坐下，在上台之前，她再也不愿跟谁搭话了。

没想到，甫坐定，一个纤细如雀的身影也在她旁边落座。陈匀娴一瞬间失了神——是苏若兰。

苏若兰也是受表扬的母亲，真有趣。她怎么办到的？

"好久不见啊。"苏若兰先起了头，"你也真无情！就再也不来'深岚'了？"

苏若兰凝视着陈匀娴，一种似笑非笑的奇异眼神。

陈匀娴觉得自己的内在，一下子缩小了。

"嗯、对啊。想了想我好像还是比较适合工作……"

"不是因为你对不起 Kat 吗？"

苏若兰依旧眼目水汪，陈匀娴一震，险险以为是叶德仪坐在自己眼前。

"我哪里对不起她了？"

"当年你为什么要去跟 Ted 告状？"

"我没有跟 Ted 告状。"陈匀娴下意识地否认。

"哦，是这样子吗？为什么我听到的，不是这么一回事。我听说，有人忘恩负义，明明小孩子读书的钱，是朋友出的，可是一出事的时候，也是让朋友去顶……"

"你说这些话想干吗？"

"我没有要干吗，我只是觉得 Kat 很可怜。她对你，比对我还要好，可是她换到了什么？你根本不知自己到底做了什么事！"苏若兰语气一偏，变得冰冷，"你不知道吧，最近 Ted 提离婚了，可怜的 Kat，得不到丈夫的爱，蔡家又不支持，她怎么回得了台湾？

这几天，消息放出来，她只能继续躲在美国了。这一切，你不觉得你要负责吗？"

"我为什么要负责？"

"因为你辜负了 Kat，Kat 说她恨你。"

苏若兰撇开身子，好整以暇地打量陈匀娴刷白的脸。

"即使没有我，她跟 Ted 难道就不会离婚？"一股悲愤骤然而升，撑起陈匀娴颓软的心志，"家绮恨我的话，她大可以自己告诉我，美国没那么远，一通电话，一则信息，她想怎么骂，就怎么骂。她都没有说话了，你在这边说这些，是在帮谁出头，帮她，还是帮你自己？"

"我为什么要帮自己？这件事跟我没有关系！"

"怎么会跟你没有关系？王念慈有说话吗？深岚的其他人有说话吗？为什么只有你在这儿对着我骂？家绮去美国了，你看清楚，她放弃这里了。还在这边玩着排挤别人、欢迎别人、赞美别人、批评别人的人，只剩下你了，苏若兰！你以为家绮真的在意你？别自欺欺人了。你真该听一听她私底下是怎么说你的。不过，别问我，我不想再介入你们这些人的是非了！"

陈匀娴看了苏若兰一眼，眼中带着她自己也无法理解的同情。

优越感腾腾升起，一种无所不能的绝佳感受在不远处召唤着她，陈匀娴再一次看见了自己的欲望：把别人给狠狠地踩在脚下来证明自己的高度。她没吸过毒，但她忖度这两者品尝起来极为相似。她知道她不会再回到她们之中，或者，这么说好了，从头到尾都没有所谓的她们，这是一场集体的幻觉，相知相惜的虚假糖衣下，包藏着没有意义的竞争。即使是看似如鱼得水的汪宜芬好了，也很可能在一个失眠的夜晚，忌惮起溺毙的可能。

看看苏若兰那张梗塞的脸，陈匀娴怎么可能不快乐？

从比赛中的选手退居成买票进场的群众，少了得分的可能，却能换来痛骂选手的爽快。这就是她在做的事情。

她起了身，不等苏若兰搭话，径自走去。上台的时候差不多到了。

说也奇怪，经过跟苏若兰的对话，陈匀娴相信自己能够彻底地放下了。梁家绮恨她，或是自觉负欠于她，她都不会再视若紧要。像是她自己说出口的话，梁家绮放弃了这里，她又何必执着。倒是苏若兰那张破碎的脸，教她又怜又喜。狠踩还不死的动物，总是特别可怕，苏若兰日后势必不敢再来踩她。她也再一次认识到，她的内心还是有些甩不掉的暗处，如此丑陋，又完全属于她。她实在迷恋用别人的不幸来喂养自己的心情。

◆

预计会提早抵达的，被自己这样一耽搁，竟要迟到了。没过多久张郁柔应该会打电话来，询问她人在哪里了。说到张郁柔，她近日遇到一位正直的对象，似乎动了成婚的愿想，待会碰面，张郁柔理应会交代更多两人交往的细节。想到自己还可以跟张郁柔说这些体己话，陈匀娴心头一热，她也许有着不幸，但在某些层面上，她实在是太幸运了些。她停下脚步，回头一望那栋稍具欧洲古典宫廷风格的建筑物。曾经，她走进去，见证了充满柔软香气的客厅，柔和的灯光，平滑得像是刚整过的滑雪场的草莓鲜奶油蛋糕，看起来不能再更快乐的孩子们，以及，最重要的元素——那名看起来无懈可击的女人。曾让她心醉且酩酊的一切，倾圮，都倾圮了，但，即使残砖碎瓦，如今拾掇起来，依旧拥有让她目眩神迷的质地。她不能自欺欺人地说，再来一次，她绝对不会上钩。她心底很雪亮，她的心中还是有个不餍足的黑洞。

"培宸，那么优秀，那么良异。"廖老师曾略略浮夸地说，"妈妈是第一志愿的，James 只要稳稳地走下去，日后也能成为你的学弟呀。"那时，詹雅琴也在旁边，陈匀娴想了一下，才认出是汪宜芬的跟屁虫。詹雅琴殷勤地说："James 随便考都是第一名，读台大也是可惜，应该要鼓励他去美国，拼常春藤盟校，日后留在美国发展啊！可惜我儿子对读书没兴趣，要是 Sean 跟 James 一样优秀，我早就帮他规划好了。"

陈匀娴抿嘴浅笑，没做正面回复，心中莫名地又给穿了一个孔，新的膨大欲望又飞快地钻了进去。即使知道儿子甚至未满十岁，心思却给勾拉到遥远的未来：在父母始终没踏上的美洲大陆上，令人妒羡的完美工作，中产阶级的小区，也许还娶了一个金发碧眼的姑娘，孩子当然一落地就是美国籍。而她，陈匀娴，则在台湾与美国两地间折返，每一次回台湾，埋怨搭飞机的折腾，偷渡着衣锦还乡的骄傲。她很清楚，这些幻想，说出来又要被责骂，至少张郁柔就无法忍耐。这究竟是本性难移，还是不知悔改？陈匀娴也说不上来。

偶尔，想着自己，想着杨宜家，想着梁家绮，陈匀娴可以辨认出她体内还住着一个小女孩，想要成为别人，成为那些可以闪闪发亮的人，过着衣香鬓影的金贵人生。而这个小女孩，在遇见杨培宸以后，产生了极大认同，想让杨培宸牵起自己的手，攀上高峰，体验高处不胜寒那半窒息半狂喜的迷醉。拥有孩子的人啊，谁可以大声自清，不曾暗暗地掂量，有朝一日，让孩子推开沉沉的阶级大门，让自己可以一窥堂奥？谁可以担保，从没有在孩子身上，看见自己未竟的梦想？说得更含蓄一点，生儿育女，难道连"青出于蓝而胜于蓝"，这点无伤大雅的微小快乐都不能有？

她不再逗留，继续前进，她走得很快，越走越快，到最后，陈匀娴甚至奔跑了起来。

主要人物中英文名字对照表	
陈匀娴	Evelyn
杨定国	Steven
杨培宸	James
蔡万德	Ted
梁家琦	Katherine / Kat
蔡昊谦	Chris
叶德仪	Sophia
柔伊老师	Teacher Zoe
林帆香	Chantal

图书在版编目（CIP）数据

"上流"儿童 / 吴晓乐著. —— 沈阳：沈阳出版社，
2021.3
ISBN 978-7-5716-1594-9

Ⅰ. ①上… Ⅱ. ①吴… Ⅲ. ①长篇小说 – 中国 – 当代
Ⅳ. ① I247.5

中国版本图书馆 CIP 数据核字 (2021) 第 038206 号

出版发行：沈阳出版发行集团 | 沈阳出版社
　　　　　　（地址：沈阳市沈河区南翰林路 10 号　邮编：110011）
网　　　址：http://www.sycbs.com
印　　　刷：北京金特印刷有限责任公司
幅面尺寸：145mm×210mm
印　　　张：8.25
字　　　数：164 千字
出版时间：2021 年 3 月第 1 版
印刷时间：2021 年 3 月第 1 次印刷
责任编辑：杨　静　战婷婷
策划编辑：李梦黎
封面设计：朱　疋
版式设计：杨西霞
责任校对：高玉君
责任监印：杨　旭

书　　　号：ISBN 978-7-5716-1594-9
定　　　价：49.80 元

联系电话：024-24112447
E – mail：sy24112447@163.com
本书若有印装质量问题，影响阅读，请与出版社联系调换。